INVISIBLE

ELOY MORENO

Invisible

NUBE **DE TINTA**

Papel certificado por el Forest Stewardship Council®

MIXTO
Papel | Apoyando la silvicultura responsable
FSC® C117695

Penguin Random House Grupo Editorial

Primera edición: febrero de 2018
Cuadragésima primera reimpresión: octubre de 2025

Printed in Spain – Impreso en España

ISBN: 978-84-16588-43-5
Depósito legal: B-26.382-2017

Compuesto en La Nueva Edimac, S. L.

Impreso en Black Print CPI Ibérica
Sant Andreu de la Barca (Barcelona)

NT 8 8 4 3 E

Un héroe puede ser cualquiera, incluso alguien haciendo algo tan simple como poner un abrigo alrededor de un joven para hacerle saber que el mundo no ha terminado.

BATMAN
El caballero oscuro

No se necesita tener rayos X en los ojos para ver que algo no está bien.

SUPERMAN

Lleva más de cinco minutos en la esquina de enfrente, mirando hacia la puerta sin saber qué hacer: si entrar ahora o volver mañana con las mismas dudas de hoy.

Respira hondo y comienza a andar. Cruza la calle sin apenas mirar a los lados y, tras unos metros de acera, empuja la puerta con miedo.

Ya está.

Le indican que se siente un momento en el sofá que hay en la sala, que enseguida le atienden.

Mientras espera, observa las obras de arte que cubren las paredes, unos dibujos que rara vez se expondrán en los museos pero que, en la mayoría de las ocasiones, serán vistos por mucha más gente.

No será su caso porque el suyo solo lo verá ella, nadie más. Al menos eso piensa ahora.

A los pocos minutos le hacen pasar a otra sala, más pequeña, más oscura, más íntima...

Y en cuanto entra, lo ve.

Acostado sobre la mesa, grande, muy grande, lo suficiente para que le cubra toda la espalda: un dragón gigante.

Le vuelven a explicar cómo será el proceso, cuánto tardarán, qué técnica van a utilizar... y, sobre todo, le advierten de que si sobre una espalda normal ya hace daño, sobre la suya va a doler mucho más.

Se lo piensa de nuevo durante unos segundos.

Decide seguir adelante.

Se quita la camiseta y el pantalón, se quita también el sujetador, y así, prácticamente desnuda, se tumba boca abajo en la camilla, dejando al descubierto una espalda que duele al verla. Una espalda repleta de cicatrices —de esas que nacen de las quemaduras— que han ido creciendo junto a la piel de una mujer que hace muchos años, cuando solo era una niña, visitó el infierno.

«Empezamos», escucha.

Y se estremece, y cierra los ojos tan fuerte que regresa al pasado, al momento en que ocurrió todo.

Fue hace mucho tiempo, pero es capaz de sentir el dolor y el miedo cada vez que piensa en ello, no hay forma de borrarlo. Con el paso de los años se ha dado cuenta de que algunos recuerdos duelen igual que si hubieran ocurrido ayer.

Y así, poco a poco, sobre una piel en relieve que huele a pasado, un dragón va cobrando vida.

Después de varias horas en las que su mente ha estado viajando del presente al pasado, como un pájaro que tiene tanto miedo de tocar el suelo como de seguir volando, la mujer se levanta para mirarse al espejo.

Allí está, el comienzo de un dragón, su dragón. Un dragón que nace justo donde se junta la espalda con las nalgas y que acabará, de aquí unos días, cuando esté completo, en la nuca.

Suspira y sonríe, por fin se ha decidido.

Lo que aún no sabe es que habrá momentos en los que ese dragón despertará y no siempre podrá controlarlo.

Lo que aún no sabe es que no es ella quien se está tatuando un dragón en la espalda, sino que es el dragón el que ha encontrado un cuerpo sobre el que poder vivir.

* * *

INVISIBLE

Ya me ha vuelto a pasar lo mismo.

Me acabo de despertar temblando, con el corazón golpeándome las costillas, como si quisiera escapar del cuerpo, y con la sensación de que un elefante está sentado en mi pecho.

Hay veces que me cuesta tanto respirar que pienso que si no abro mucho la boca me voy a quedar sin aire.

La buena noticia es que ahora ya sé qué hacer. Me lo explicaron el primer día que llegué aquí, bueno, el tercero, porque de los dos primeros días no recuerdo nada.

Tengo que empezar a contar del uno al diez mientras inspiro y espiro lentamente, intentando que, poco a poco, mi cuerpo se calme, el corazón vuelva a su sitio y ese elefante se marche.

Uno, dos, tres… inspiro y espiro.

Cuatro, cinco, seis… inspiro y espiro.

Siete, ocho, nueve y diez, inspiro y espiro…

Y vuelvo a empezar.

También es importante que, al despertar, no me asuste. Me han dicho que intente recordar que estoy en un lugar seguro, que no me ponga nervioso… para evitar que me ocurra como la primera noche que, en cuanto abrí los ojos, me asusté tanto que comencé a gritar.

Y eso hago ahora: intento no asustarme, espero a que en mis ojos vaya entrando la poca luz que hay alrededor, una luz que poco a poco me ayuda a distinguir todo lo que hay alrededor.

Uno, dos, tres, inspiro y espiro…

Cuatro, cinco… inspiro y espiro…

Seis, siete…

Parece que funciona, parece que ya no tiemblo, que mi corazón va más despacio y que ese elefante sentado en mi pecho ya se ha levantado.

Me quedo quieto.

* * *

Ahora que ya estoy más tranquilo empiezo a distinguir varios sonidos: pasos que se oyen lejos, muy lentos... como de cuerpos que van arrastrando los pies; voces, susurros, palabras que no entiendo; sonidos extraños, como de gente llorando en voz baja, como si se quejaran con la boca tapada; y de vez en cuando el silencio, y de vez en cuando algún grito... y mil sonidos más.

Ah, y entre todos esos sonidos hay uno mío, digo mío porque está dentro de mi cabeza. Es como un pitido fuerte, tan fuerte que a veces parece como si una aguja me atravesara de lado a lado los oídos. Viene y va durante todo el día, pero cuando más me molesta es por las noches, cuando todo está en silencio.

Uno, dos, tres... inspiro y...

Y dejo de contar, creo que ya lo he conseguido.

Por eso, ahora que ya estoy más tranquilo, que ya sé dónde estoy, comienzo a moverme, y ahí es cuando llega el dolor.

Muevo los dedos, abro y cierro lentamente las manos, primero la izquierda, después la derecha, después las dos a la vez. Intento mover el cuello y eso duele, duele mucho, pero lo sigo intentando, giro poco a poco la cabeza a los dos lados.

Continúo.

Empiezo a mover también las piernas, primero la izquierda y después la derecha…

Y es ahí, al intentar doblar mi pierna derecha, cuando me doy cuenta de que una mano me está apretando el muslo.

Me asusto de nuevo.

Me pongo a temblar.

Vuelve otra vez el elefante.

Uno, dos, tres… inspiro y espiro,

Cuatro, cinco, seis… inspiro y espiro.

Siete, ocho, nueve…

* * *

Vuelvo a poner mi pierna recta, pero la mano no me suelta.

Intento recordar lo que está pasando, por qué esa mano está ahí, por qué escucho ese pitido tan fuerte, por qué estoy en esta cama, por qué a veces me da la sensación de que estoy bajo el agua, ahogándome…

Busco con la mirada el pequeño reloj que está en la pared de enfrente, de esos que tienen números que pueden verse en la oscuridad: las 02:14, más o menos como las últimas noches. Parece que, a pesar de las pastillas, no soy capaz de dormir más de tres o cuatro horas seguidas.

Pero bueno, las cosas han ido mejorando: ya no grito al despertarme, ya no lloro de dolor al moverme y cada vez tardo menos en acordarme de dónde estoy. Ah, y lo más importante de todo, la gente ya puede verme.

Creo que desde que pasó el accidente ya no puedo ser invisible, quizá el golpe me ha cambiado por dentro o es que los poderes igual que vienen se van. Llevo cinco días aquí y aún no he podido conseguirlo.

Voy a intentar dormir un poco, aunque sea una hora, porque una hora también vale.

Cierro los ojos.

Cuento del uno al diez.
Respiro lentamente.
La mano sigue ahí, agarrándome la pierna.

* * *

La mano de las cien pulseras

En el mismo instante que alguien exinvisible intenta volver a dormirse, a unos cinco kilómetros de distancia, en una pequeña habitación de un edificio de seis plantas, una mano repleta de pulseras se ha despertado. Y al instante lo ha hecho también el cuerpo al que está unida.

Hace cinco días que no puede dormir bien, justo desde que ocurrió el accidente. También está tomando pastillas y tampoco le están haciendo efecto.

Se despierta nerviosa por las noches, se pone a pasear por su habitación a cualquier hora de la madrugada y no deja de mirar por la ventana hacia un cielo tan negro como lo está ahora su conciencia.

Hace ya cinco días que ve la vida borrosa, como si se hubiera puesto unas gafas de lágrimas que no es capaz de quitarse de encima. Hace ya cinco días que escribe cartas de amor que empiezan con rabia y terminan con odio. Cartas de amor que quizá nunca llegarán a su destino, que se quedarán entre la papelera y el olvido.

Mira el móvil, mudo desde hace mucho tiempo. Abre las fotos y se tiene que remontar varios meses atrás para encontrar alguna de las que le interesan.

Ahí está la primera, sonríe, los tres en la playa.

Ahí está la segunda, él solo, guiñándole un ojo desde lejos.

Otra más reciente, la de su último cumpleaños, ese en el que sopló tan fuerte las velas que casi sale volando la tarta.

Y la cuarta, y la quinta, y otra, y otra, y otra... y conforme aumenta la velocidad de su dedo al pasar las imágenes llegan las lágrimas, y la rabia, y la impotencia, y el dolor... porque ese, al final siempre llega.

Lanza el móvil contra el suelo en un intento inútil de borrar así el pasado y se derrumba en la cama.

Y es justamente en ese momento, entre el dolor y las sábanas, cuando por fin toma la decisión que ha estado retrasando durante varios días.

* * *

Es otra vez ese horrible pitido el que me ha despertado, es como si alguien me hubiera metido un silbato en el oído y no dejase de soplar en él.

Me llevo las manos a las orejas, me las tapo con fuerza, cierro los ojos y abro la boca todo lo que puedo... pero ese sonido continúa dentro.

Respiro lentamente hasta que, muy poco a poco, parece que va pasando. Parece que se ha ido, pero no es así, solo se ha escondido para, cuando esté durmiendo, volver a despertarme de nuevo.

Abro los ojos.

Miro la pared de enfrente: las 06:26.

Creo que hoy ya no podré dormirme otra vez.

Recuerdo todo lo que pasó durante las semanas antes del accidente pero nada de lo que ocurrió a partir de ese momento. Me vienen, de vez en cuando, sensaciones: la de estar ahogándome en el agua, la de volar por el cielo, la de que alguien me metía fuego a través de la boca, la de un sonido que lo llenaba todo...

Y después me desperté aquí, en esta cama, en esta habitación: me dijeron que llevaba dos días durmiendo.

Pero de lo anterior al accidente... de eso me acuerdo de todo, y me doy cuenta de cómo ha cambiado mi vida en unos meses. Ha sido como montar en una montaña rusa que no se acaba nunca. Pero el viaje acabó, acabó hace cinco días.

Desde que ocurrió todo no ha parado de venir gente a verme. Han pasado por aquí unos cuantos amigos, los de siempre y otros que no sabía ni que tenía. Han venido también muchos familiares, aunque a algunos no recuerdo haberlos visto en mi vida.

Pero sobre todo ha venido toda esa gente que hasta ahora no era capaz de verme y que al saber que soy noticia, ha querido comprobar que sí, que es cierto, que vuelvo a ser visible.

Ah, y claro, también han venido muchos periodistas, incluso presentadores de la tele, pero no les han dejado hablar conmigo. Sé que he salido en muchas noticias, en periódicos, en la radio, en programas de la tele... pero no he podido ver ni escuchar nada, no me han dejado.

Es extraño que justo ahora, cuando vuelvo a ser visible, es cuando más perdido me siento.

Las 06:46.

Ya empieza a entrar luz por la ventana, eso significa que pronto se pondrá en marcha todo. Y yo estaré aquí, otro día más. Y la mano también estará ahí, agarrándome la pierna, o el brazo, o apretando mi propia mano, pero estará ahí, de eso puedo estar seguro.

* * *

El rostro con una cicatriz en la ceja

Son también las 06:46 en la habitación de un piso situado en el centro de la ciudad. Allí, sobre la cama, hay otro cuerpo al que le cuesta dormir casi tanto como le cuesta estar despierto. Remordimientos.

Se levanta, se acerca al baño en silencio y se mira el rostro en el espejo. Mira su ceja derecha, esa que tiene una pequeña cicatriz, se la toca con los dedos y recuerda cómo se la hizo: hace ya muchos años, en un parque, dos bicis, una carrera.

Y mientras recuerda aquel momento sus ojos comienzan a humedecerse porque desde hace ya varios meses esa pequeña marca en su rostro es lo único que les une.

Sale del baño y vuelve de nuevo a la cama.

Lleva ya cinco días dudando entre si decir algo o callar como lo ha hecho hasta ahora, sin saber si ha sido un cobarde o solo un superviviente.

Él sí fue a verlo al hospital, pero apenas hablaron. Fue una situación muy incómoda, como reencontrarse con alguien del que no sabes si te has despedido, muy raro.

Después de tantos años siendo amigos, de pronto, al verse frente a frente no supieron cómo mirarse, los cuerpos eran los mismos pero las palabras ya no se encontraban.

—Hola —le dijo nada más verlo, intentando disimular el impacto que le produjo aquella cabeza sin pelo, las heridas en la cara y la sonda en su brazo.

—Hola —le contestó.

—¿Cómo estás? —le preguntó de nuevo, como quien comenta que el cielo está lejos, que la nieve es blanca o que hace frío en invierno.

—Bueno, un poco mejor…

—Toma, te he traído esto. —Y el cuerpo de la cicatriz en la ceja le dio un paquete.

—Gracias —le respondió mientras lo abría…

Y creció tanto el silencio que durante unos minutos solo se escuchaba el papel de regalo al arrugarse entre las manos. Un silencio incómodo, de esos que todo el mundo desea que acaben pero que nadie sabe cómo romper.

—¿Creo que esos no los tenías? —dijo por fin el cuerpo de la cicatriz en la ceja.

—No, no los tengo, muchas gracias —le mintió mientras observaba el contenido del paquete.

* * *

Miro de nuevo esa mano, una mano que no ha dejado de agarrarme durante las cinco noches que llevo aquí.

Creo que lo hace porque aún tiene miedo de que, de un momento a otro, me vuelva otra vez invisible y no sepa encontrarme. Creo que así, manteniendo su mano agarrada a mi pierna, al menos me tiene localizado.

Una mano que yo también necesito, por eso, cada noche, cuando la noto, al principio me asusto, pero después comprendo que me hace falta. Necesito saber que si vuelvo a desaparecer al menos alguien sabrá dónde estoy.

Saco mi mano y la pongo sobre la suya, y noto su piel caliente, y la aprieto, y siento los latidos de su corazón en sus dedos… Y le digo en voz baja algo que jamás me atrevería a decirle si ella estuviera despierta: «Mamá, te quiero».

* * *

La madre

Y es que en esa habitación no hay un chico que de pronto, un día, se volvió invisible. Hay también una madre que, desde que ocurrió el accidente, no ha parado de preguntarse en qué momento dejó de ver a su propio hijo.

Por eso ahora, noche tras noche, mantiene sobre su cuerpo una mano que es a la vez el ancla que le permite que ambos sigan unidos como lo estuvieron antes de nacer, con aquella seguridad de estar juntos sin ni siquiera verse, porque a veces no es necesario ver el cuerpo cuando se está en contacto con el sentimiento.

Una mano que fue incapaz de encontrarlo durante mucho tiempo y que ahora quiere compensar todas las ausencias que han construido este maldito momento.

Una madre que, en la intimidad de la noche, llora por todo lo que pudo haber ocurrido, porque a veces son unos milímetros de tiempo los que deciden entre la vida y la muerte, entre un es y un era, entre despertar a un hijo que se ha quedado dormido o hablarle para siempre a una cama vacía. Porque a veces es un pequeño impulso en el cerebro el que decide cómo se va a dibujar el futuro.

Una madre que el día que ocurrió todo salió de casa sin

apenas prestarle atención, sin darse cuenta de que había un cuerpo delante de ella que iba desapareciendo entre los muebles de la casa.

Duerme, pero no es capaz de descansar porque, aunque sus ojos están cerrados, sus heridas —las internas— siguen abiertas, a la espera de que sea la cicatriz del tiempo la que las apague.

Una madre que, a pesar del miedo que sintió cuando, hace unos días, su hijo se despertó diciendo que tenía poderes, que podía ser invisible, que había volado con un dragón… ahora es capaz de dibujar una sonrisa al sentir que ese mismo niño le acaba de regalar un te quiero escondido entre el silencio.

* * *

La chica de las cien pulseras

Una chica con demasiadas pulseras en su mano se ha levantado de la cama, ha recogido el móvil del suelo y se ha limpiado las lágrimas con la manga del pijama.

Arrastrando los pies se dirige a la habitación de sus padres para decirles que ya está preparada, aunque en realidad no lo está.

Va descalza por un pasillo frío, abre lentamente la puerta y observa dos cuerpos que duermen mirando hacia lugares contrarios. Se acerca a la parte de la cama donde está su madre, la más cercana a la puerta, y se queda mirando su respiración: el bajar y subir de su pecho, el pequeño sonido que hace el aire al salir de su boca entreabierta…

Justo en ese instante suena el despertador y ella da un pequeño salto. Por un momento se pone nerviosa y no sabe qué hacer: si salir corriendo, si despertarla…

—Cariño, ¿qué haces aquí? ¿Ha pasado algo? —la sorprende su madre que se incorpora rápidamente.

—Hoy —le contesta ella.

Silencio.

—¿Estás segura? —le pregunta mientras saca los brazos fuera de las sábanas invitándola a meterse en la cama.

—Sí, ya estoy preparada.

—Pues entonces será hoy.

Su madre se echa hacia un lado y deja un hueco para que chica y pulseras se acuesten junto a ella. Sabe que su hija no está preparada, en realidad ninguna de las dos lo está, aun así, será hoy.

Hoy.

* * *

Y de pronto su mano deja de agarrarme la pierna.

La miro y observo cómo intenta disimular un bostezo; cómo abre los ojos, me mira y sonríe.

—¡Hola, cariño! —me dice mientras me da un beso en la frente que parece no acabar nunca—. ¿Cómo has dormido hoy?

—Mejor, creo que no me he despertado en toda la noche —le miento.

Y veo que esa mentira la hace sonreír, y me abraza.

—Bueno, pues nada, un día menos —me dice mientras se levanta con esfuerzo.

Se oyen ya los carritos que traerán el desayuno, se oyen risas, también alguien que llora, conversaciones en la habitación de al lado… Todo vuelve a empezar. Pronto, muy pronto, porque aquí todo se hace pronto. Se desayuna pronto, se come pronto, se cena pronto… pero la noche se hace larga, muy larga.

Mi madre, como todas las mañanas, me acompaña al baño y eso es algo que me da mucha vergüenza. Ella se espera fuera, claro, y yo dentro, pero la puerta se queda medio abierta para que la sonda que conecta mi brazo al aparato no se rompa.

Y si solo fuera mear, bueno, pero cuando me toca hacer lo otro... entonces sí que me da vergüenza que se quede la puerta medio abierta. Sobre todo cuando tengo gases, que es casi siempre por la medicación que estoy tomando.

—¡Lávate bien la cara! ¡Ponte guapo que hoy va a venir la visita! —me grita desde fuera.

La visita, es verdad, no me acordaba.

Una visita tan incómoda que mi madre ni siquiera se atreve a decir el nombre real de quien me visita.

Una visita que no necesito ni he pedido ni quiero.

La maldita visita.

* * *

El chico de la cicatriz en la ceja

—¿Creo que esos no los tenías? —dijo por fin el chico de la cicatriz en la ceja.

—No, no los tengo, muchas gracias —le mintió su amigo mientras observaba el contenido del paquete: unos seis o siete cómics.

Y esa fue toda la conversación de dos amigos que apenas unos meses antes podían pasarse horas y horas hablando.

A partir de ahí se instaló un silencio que los padres de ambos se encargaron de llenar con frases de ascensor: «Bueno, pues parece que ya está mucho mejor», «Sí, ya está mejor», «Seguro que te recuperas muy pronto», «Tú eres muy fuerte»...

Fueron más de diez minutos de conversación incómoda, de silencios que se hacían eternos y de ojos que no encontraban a quién mirar.

—Bueno, nos vamos ya... que te pongas bueno muy pronto —dijo la madre del niño con la cicatriz en la ceja, una madre que tiene muchas ganas de irse de allí temiendo que en cualquier momento pueda comenzar una conversación sobre un tema del que no quiere hablar.

—Gracias, gracias por venir —contestó la madre del niño exinvisible.

Nadie preguntó qué había ocurrido, nadie habló del accidente, como si de un día para otro aquel chico hubiera pasado de la cama de su casa a la del hospital de un simple salto, como si todo hubiera sucedido de la forma más natural.

Nadie habló de eso.

Unos padres porque, sospechándolo, pudieron haber hecho más de lo que hicieron; los otros porque no hicieron nada para saberlo.

Un niño porque hizo lo posible para no ver lo que ocurría, el otro porque sabe que cuando uno quiere ser invisible después no puede culpar a nadie por no verle.

* * *

La visita

No, no se me había olvidado, cómo se me iba a olvidar esa visita.

Ayer por la noche, después de cenar, mis padres comenzaron una de esas conversaciones incómodas, complicadas... Estaban nerviosos, sobre todo mi padre que es quien empezó a hablar.

—Verás —me decía sin mirarme directamente a los ojos—, mañana vendrá a verte un médico... especial.

—¿Otro? —contesté yo.

—Sí, otro, pero ya no será por lo de las heridas en la cara, ni por lo del golpe en la cabeza, ni por lo de la pérdida de memoria, eso parece que ya está más o menos controlado.

—¿Y entonces? —pregunté confundido.

—Bueno, es alguien que cura otro tipo de heridas.

—¿Qué heridas?

—Las heridas de la mente.

—¿Un psicólogo? —pregunté.

—Sí, un psicólogo —confesó.

—Pero, papá, mamá... —y les miré confundido—, yo no estoy loco —les dije nervioso.

—No, cariño, tú no estás loco —me contestó mi madre

mientras mantenía su mano aferrada a la mía—. Los psicólogos ayudan a la gente que lo ha pasado mal. Lo más importante es que le cuentes todo lo que quieras, no tengas miedo, puedes contarle cualquier cosa.

—¿Cualquier cosa?

—Todo lo que quieras contarle —volvió a decirme.

—¿Y si no quiero contarle nada?

—Va… no seas así, es por tu bien.

—¿Lo de mis poderes?

—Tú cuéntale lo que quieras.

Y su última respuesta no me gustó: cuéntale lo que quieras… y le faltó añadir: aunque no se crea ni una palabra de lo que le dices, aunque piense que estás loco.

* * *

Y así acabó una conversación incómoda, ya no hablamos más del tema. Y ahora, en menos de una hora, ese «médico especial» vendrá a verme.

Estoy nervioso, bastante. No sé qué querrá saber, no sé qué preguntas va a hacerme y no sé si voy a contestarle.

Porque a veces decir la verdad no es la mejor opción. Sobre todo si esa verdad es tan increíble que puede parecer mentira.

Así que voy a mentir, bueno, no voy a mentir, pero no voy a contarle nada de lo que me ha pasado. No voy a decirle que todos mis poderes comenzaron el día que me convertí en avispa. No voy a contarle que puedo respirar bajo el agua tanto tiempo como quiera, ni que soy capaz de correr tan rápido que en algunos momentos la gente solo es capaz de notar viento cuando paso por su lado; tampoco voy a contarle que tengo una especie de caparazón en la espalda —como las tortugas ninja— que me protege de los golpes, ni que puedo anticiparme a los movimientos de la gente o ver perfectamente en la oscuridad… porque seguro que no me cree, y además piensa que estoy loco.

Creo que lo mejor que puedo hacer es simular que soy alguien normal, muy normal.

Tampoco voy a hablarle de mi capacidad para detectar monstruos, de que puedo sentirlos aunque se escondan detrás de las puertas, o bajo las mesas, o dentro de los coches...

Y por supuesto, no voy a contarle mi gran poder, el que me ha traído hasta aquí, no voy a contarle que tras mucho entrenamiento un día conseguí hacerme invisible, aunque quizá eso ya lo sabe por las noticias.

Llaman a la puerta.

Seguro que es él.

No tengo ni idea de qué contarle.

* * *

Ella

Bueno, pues al final no ha sido él, sino ella.

Y eso me ha dado aún más vergüenza porque además era guapa. Y claro, que me haya visto así, con el pijama este tan cutre del hospital, sin pelo en la cabeza, con las heridas de la cara…

Ha entrado sonriendo, se ha presentado y, después de hablar con mis padres unos minutos, se ha quedado a solas conmigo en la habitación.

Se ha sentado a mi lado, en la butaca en la que duerme todas las noches mi madre.

Durante un rato me ha estado explicando qué es un psicólogo y qué es lo que hace.

Yo escuchaba sin decir nada, hasta que me ha preguntado si tenía alguna duda, y entonces, no sé muy bien por qué, le he contestado.

—Yo no estoy loco.

En cuanto han salido las palabras por mi boca me he arrepentido porque creo que decir algo así es la mejor forma de que la otra persona piense que estás loco.

Nos hemos quedado los dos en silencio, un silencio que parecía no acabar nunca.

Me ha mirado fijamente y, de pronto, ha comenzado a reírse.

—No, no, ya sé que no estás loco —me ha contestado sonriendo—, nosotros, los psicólogos, también tratamos a gente normal, muy normal, así que por eso no te preocupes.

—Pues entonces yo soy normal —le he contestado.

—Ah, sí, ¿y cómo de normal? —me ha vuelto a preguntar sonriendo.

—Muy muy normal, bueno, era normal hasta que conseguí hacerme invi…

—¿Hasta que comenzaste a qué?

Y ahí me he callado.

* * *

El niño de los nueve dedos y medio

Mientras un niño exinvisible recibe la visita de una psicóloga, en una habitación de un piso situado en las afueras de la ciudad, un niño con nueve dedos y medio se mantiene tumbado en su cama.

Piensa ahora en todo lo que no ha pensado durante los últimos meses, piensa en las consecuencias, comienza a sospechar que los actos también tienen parte trasera.

Está asustado como nunca lo ha estado en su vida, pero no lo admitirá, su fortaleza será fingir todo lo contrario: que a él no le importa nada, pero sí le importa.

Lleva horas mirando el techo, como si ahí, entre la pintura blanca pudiera encontrar la solución a todo lo que ha ocurrido.

Se sienta sobre la cama, abre sus manos y se mira todos los dedos. Es una manía que tiene desde hace muchos años, algo que solo hace en la intimidad. Jamás se le ocurriría abrir las manos de esa manera en el instituto, delante de los demás. Los nueve completos y uno al que le falta la mitad.

Sí suele presumir, en cambio, de la cicatriz que tiene en el pecho, justo sobre el corazón. Es grande pero no le importa, piensa que le da un aspecto más duro. Quizá, en unos años, la decore con un tatuaje.

* * *

—No, nada, nada. Pues eso, que soy normal —he continuado—, como los demás normales. No soy ni tan alto como el Jirafa, ni tan bajo como Raúl el Hobbit, ni tan gordo como Nacho Hormigón, ni tan flaco como Pedro el Fideo… vamos, pues normal.

Y creo que he estado por lo menos veinte minutos intentando explicarle lo normal que soy comparado con mis compañeros de instituto.

Pero es cierto, hasta hace unos meses, siempre me había considerado normal. De hecho, cualquiera que me observe durante un buen rato no será capaz de detectar ningún rasgo en mí que llame la atención.

Por ejemplo, no llevo gafas, tengo una vista casi perfecta, soy capaz de ver hasta las letras más pequeñas en la pizarra desde cualquier punto de la clase. De hecho, desde que ocurrió lo del avispero, me he dado cuenta de que tengo mejor vista que el resto de las personas, puedo ver desde lejos cosas que nadie más ve, incluso puedo ver en la oscuridad, tengo también ese poder… pero esto no se lo he dicho.

Tampoco llevo ninguno de esos aparatos de hierro en los dientes, ni de los pequeños ni de esos tan grandes como el de Willy Wonka cuando era niño. Es cierto que tengo las dos palas delanteras un poco grandes, y un poco torcidas también, la izquierda se va hacia la derecha y la derecha se va un poco hacia la izquierda, pero casi no se nota, y con la boca cerrada, menos. Bueno, con la boca cerrada solo lo noto yo cuando se me queda un trozo de comida entre palas y me paso minutos moviéndolo con la lengua hasta que consigo sacarlo.

Soy normal, muy normal, por eso nunca pensé que a mí me ocurriría lo que me ha ocurrido, que de pronto alguien tan normal como yo se convirtiera en alguien tan... especial. Soy bastante normal en casi todo, y digo en casi todo porque sí que tengo un defecto, pero eso no se lo he dicho a ella, claro.

Es un defecto extraño porque yo no sabía que lo tenía... Bueno, sí que sabía que lo tenía, pero no sabía que era un defecto. Pero parece ser que sí, que es un defecto y depende de en qué lugares, un gran defecto.

No se ve a simple vista, podrías pasar un rato conmigo y no te darías cuenta de nada, o incluso una tarde entera, bueno, ahí a lo mejor sí que lo notabas o no, no sé. Aunque me he dado cuenta de que es un defecto que afecta a muchos aspectos de mi vida: a mi forma de hablar, a mi forma de escribir, a mi forma de comunicarme con los demás... Un defecto que me ha llevado hasta la cama de este hospital.

* * *

La niña de las cien pulseras

Las pulseras no paran de moverse en su brazo.

Está sentada en el sofá, mirando —sin ver— la hora en el móvil, haciendo como que observa la tele, pero en realidad su mente está en otro sitio.

No sabe aún qué va a decirle, lo único que sabe es que hoy quiere ir a verle, aunque se muera de miedo, aunque le tiemble todo el cuerpo cuando entre en la habitación, aunque las palabras no salgan por su boca, aunque su corazón le explote..., pero tiene que verle, no puede estar más tiempo así, encerrada en su casa y menos aún, encerrada en su mente.

Ahora él ya es visible, y ha estado a punto de no serlo para siempre. Es esa la razón por la que le han entrado de nuevo las prisas, ¿y si vuelve a desaparecer y no puede decirle todo lo que lleva dentro?

Mira otra vez el móvil.

Ya quedan menos horas, será esta tarde.

Vuelve a mirar todas esas fotos en las que están juntos sin saber que lo estaban, y es ahora, cuando ha estado a punto de perderlo, cuando se da cuenta, al observar mejor las imágenes, que sus miradas —y también sus sonrisas— se cruzaban en todas las fotografías.

Se toca el bolsillo del pantalón para asegurarse de que ha cogido la carta que lleva varios días escribiendo. Lo que no sabe es si será capaz de dársela.

Está nerviosa.

Mucho.

Y no está preparada, pero claro, eso ella no lo sabe.

* * *

Tampoco le he hablado de mi capacidad para ser invisible. Aunque eso igual ya lo sabe porque como he salido en las noticias ya todo el mundo me conoce, bueno, conocen la historia ya que por el tema ese de la protección de menores no pueden ver mi cara.

Y ya está, no hemos hablado nada más, me ha dicho que hoy solo era para conocernos, que mañana seguiremos, que tenemos muchos días para hablar y que incluso después, cuando deje el hospital tendremos que seguir hablando.

No sé si me apetece hablar tanto y menos con alguien que no conozco, y menos con una chica, y menos con una chica que es tan guapa. Sobre todo porque es una psicóloga, y yo no estoy loco.

Se ha levantado, me ha dicho hasta mañana y me ha dado un beso en la mejilla.

Y en cuanto ha salido por la puerta me han entrado muchas ganas de llorar.

* * *

He oído a mis padres hablando con la psicóloga fuera, aunque no he entendido muy bien lo que decían. Creo que hablaban en voz baja para que no me enterase de nada. Aun así sé que han dicho muchas veces la palabra tiempo. Tiempo, tiempo, tiempo…

Se han despedido y se ha abierto la puerta.

Mi madre se ha acercado a mí y, al ver mis ojos, me ha abrazado. No me ha preguntado nada, solo me ha abrazado.

Ellos no entienden muy bien lo que ha pasado. Desde el primer momento lo han tratado todo como un accidente y yo les he seguido el juego. He aprovechado las pérdidas de memoria que tuve al principio para simular que no me acuerdo de muchas cosas. Pero sí que me acuerdo, me acuerdo perfectamente de todo lo que pasó antes del accidente.

Ellos no se atreven a preguntar y por eso han llamado a la psicóloga. Soy pequeño pero no soy tonto.

El problema es que tengo dentro de mí una sensación que no me gusta, como si me hubiese tragado un erizo que cada vez crece más y más, que me recorre el cuerpo entero, desde los pies a la cabeza. Un erizo que me hace daño en el estómago cada vez que me digo una mentira o cada vez que escondo alguna verdad.

Y ya no puedo más, ya no puedo seguir así.

Pienso tanto en aquel día… y aún no entiendo muy bien por qué justamente en ese momento dejé de ser invisible. ¿La lluvia?, podría ser, pero…

* * *

Hace ya varios días que un padre y una madre se hacen la misma pregunta: ¿Qué ocurrió en realidad? Saben una versión, la *oficial*, la que dicen a todo aquel que pregunta, la que han contado a los familiares, a los amigos, a los periodistas... una versión de la que ellos mismos dudan pero que se obligan a creer: fue un accidente, pero afortunadamente todo ha salido bien.

Pero ¿y esas marcas en la espalda? No tienen sentido, no coinciden con el accidente, son demasiadas y, lo más importante, no son recientes.

No se atreven a preguntarle nada aún, no saben muy bien cómo sacar el tema, quizá porque no están preparados para la respuesta. Por eso les han aconsejado que lo dejen en manos de la psicóloga para que sea ella la que intente averiguar la verdad.

* * *

Hoy he comido lo de siempre, comida que no sabe a nada, comida de hospital.

Y después de comer ha llegado ese momento en el que todo se queda en silencio. Es el momento del descanso, sobre todo para mi madre, que apenas duerme por las noches. Ella dice que es porque la butaca es muy incómoda, pero yo creo que es por otras cosas, pues no para de hablar en sueños, de moverse, incluso el otro día vi cómo lloraba durmiendo. Creo que también se le han metido monstruos en el pecho, como a mí, y tampoco sabe cómo sacarlos.

Mientras ella ha estado durmiendo yo he cogido los cómics que me regaló mi amigo el otro día y, aunque ya los tengo casi todos, he vuelto a leerlos. Me encantan las historias de superhéroes, siempre he soñado con ser uno de ellos, siempre he querido tener algún superpoder... y mira por dónde al final he conseguido tener unos cuantos.

Y así, mi madre durmiendo a mi lado y yo leyendo, ha ido pasando la tarde hasta que, de pronto, alguien ha llamado a la puerta. Nos ha despertado a los dos, a ella de su sueño y a mí de mis aventuras en el cielo.

Se ha abierto la puerta, lentamente, y ha entrado ella: la persona que me ha salvado la vida.

* * *

Luna

Luna ha entrado de la única forma que sabe hacerlo: corriendo.

Ha frenado justo antes de chocar con la cama. Ha estado a punto de tirar el gotero y de arrancarme la aguja que tengo clavada en el brazo.

Mi madre la ha cogido en brazos y la ha puesto junto a mí en la cama. Se ha quedado mirándome de forma extraña, como si no me reconociera, aunque con este pijama, la cabeza sin pelo, la cara así... pues lo entiendo.

Luna es mi hermana pequeña, acaba de cumplir seis años y es la persona que mejor me conoce, aunque ella no lo sepa. Es también la única persona que siempre, siempre, ha podido verme.

Es curioso porque durante los últimos meses he sido capaz de volverme invisible delante de todo el mundo, pero nunca delante de ella. Muchas veces practicaba en casa mi poder y era capaz de volverme invisible en el sofá, o en la cocina, o bajando las escaleras... y todo iba bien hasta que aparecía ella. En ese momento mi poder desaparecía, siempre era capaz de encontrarme. Me miraba directamente, me sonreía y venía corriendo hacia mí.

Ella es, además, la única persona que sabe todo lo que ha ocurrido desde el primer día. Quizá por eso, el día del accidente fue la única que vino a ayudarme, fue la única que consiguió salvarme. Aunque claro, con seis años, eso ella tampoco lo sabe.

* * *

—¿Estás malito? —me ha preguntado abriendo un montón los ojos.

—Sí, pero ya ha pasado —le he contestado mientras le cogía su pequeña mano.

Y sin abrir la boca, hablando por dentro, le he dicho: gracias. En ese momento me han entrado muchas ganas de llorar, de contarlo todo, de contarle a mamá nuestro secreto.

Es la primera vez que Luna ha venido a verme desde que estoy aquí y eso para mí es muy importante. Mi madre me ha explicado que no es bueno que los niños pequeños vayan a los hospitales, pues pueden coger cualquier virus y que por eso Luna no va a venir tanto como yo quisiera.

Luna y yo hemos estado jugando durante un rato: le he enseñado a subir y bajar la cama con el mando, le he dibujado un corazón de boli en su mano, ha estado mirando las ilustraciones de mis cómics… pero la visita ha durado muy poco, después de una hora más o menos mi padre ha dicho que ya tenían que irse. Y justo en ese momento me ha dicho algo de lo que ya no me acordaba.

—He perdido mi ovejita…

—¿La de las manchas negras en las patas?

—Sí, esa.

—No te preocupes, yo sé dónde está —le he contestado en voz baja.

—¡¿Sí?! —ha gritado.

—Sí, en cuanto salga de aquí iremos a buscarla —y en ese momento he mirado a mi madre, y ella me ha mirado a mí. Y me he dado cuenta de que estaba a punto de llorar.

—Bueno, ya es tarde, nos tenemos que ir —ha interrumpido mi padre.

Y Luna me ha dado un beso, mi padre me ha dado un beso y mi madre se ha comido a besos a Luna. Y de pronto, mi padre le ha dado también un beso a mi madre y eso es raro porque en casa nunca lo hacen, creo que desde que estoy en el hospital se están queriendo más que en toda la vida.

Mi padre y mi hermana se han ido. Me ha dicho mi madre que durante estos días está durmiendo en casa de mis abuelos.

No hace falta que me lo expliquen, pero sé que la vida de mis padres es ahora un poco más complicada por mi culpa. Uno de los dos siempre está aquí: mi madre. Y mi padre no hace más que ir y venir: del trabajo al hospital, del hospital a casa, de casa a casa de mis abuelos, de casa de mis abuelos al hospital, del hospital al trabajo…

* * *

En cuanto mi padre y Luna se han ido, mi madre se ha ido al baño.

Ha salido al rato, me ha dado un beso y se ha vuelto a sentar en la butaca. Ha encendido el televisor y se ha puesto a ver la tele, uno de esos programas que solo hacen que gritarse; y yo me he puesto a leer cómics, de esos en los que los protagonistas no paran de pegarse.

La verdad es que los días se pasan muy lentos, cada día es lo mismo. Pruebas, resultados y a esperar al día siguiente para más pruebas.

La tarde estaba muy tranquila, de vez en cuando se abría la puerta y entraba alguna enfermera para ver si necesitaba algo, para ver cómo iba el gotero o simplemente para saludarme, pues ahora soy famoso.

Pero de pronto todo ha cambiado.

He oído que llegaba un mensaje al móvil de mi madre. Un mensaje más, he pensado, de algún familiar, amigo o algún periodista. Pero al ver su cara me he dado cuenta de que algo raro ocurría.

—¿Qué pasa, mamá? —le he preguntado.

—Nada, nada —me ha contestado sin mirarme mientras respondía el mensaje.

He notado que le temblaban los dedos mientras tecleaba en la pantalla del móvil.

—Mamá, ¿qué pasa?

Pero, en lugar de contestarme, mi madre se ha metido el móvil en el bolsillo, se ha puesto frente a mí y me ha dicho que me sentara en la cama. Me ha abrochado el pijama de hospital, me ha subido la almohada y ha colocado como ha podido las sábanas.

—¿Qué pasa? —he vuelto a insistir.

—Espera un momento, espera un momento aquí, ahora vuelvo. —Y se ha levantado corriendo, nerviosa.

Y se ha ido.

Y yo me he quedado asustado. ¿Qué podía pasar? ¿De quién podía ser ese mensaje? ¿Quizá otra vez de la policía?

He dejado el cómic sobre la cama y he mirado hacia la puerta.

Y de pronto he oído pasos.

Se ha abierto la puerta

Y me he quedado mudo.

* * *

Kiri

Y ha entrado Kiri.

Y su madre.

Y mi madre detrás de ellas.

Se han acercado a la cama en silencio, despacio, como si tuvieran miedo a hacerme daño.

—Mira quién ha venido a verte… —ha dicho mi madre.

Kiri me ha saludado con la mano, sin mirarme, sin decir nada. Ha sido su madre la que ha comenzado con las típicas preguntas que se le hacen a un enfermo o, en este caso, a alguien del que se dice que ha tenido un accidente.

Kiri se ha quedado mirando el gotero, y después la cama, y después el suelo… creo que ha mirado a todos lados menos a mí.

Ha sido mi madre, al ver que ya nadie decía nada, quien ha intentado arreglar una situación rara.

—Bueno, ¿te vienes fuera a tomarte un café? —le ha dicho.

Pero su madre, al ver lo callada que estaba Kiri, ha dudado un momento, se han mirado y algo se habrán dicho en ese lenguaje que tienen las madres y las hijas para que haya aceptado.

—Sí, claro, vamos a tomar algo, ¿está lejos?

—No, no, está aquí al lado, en ese mismo pasillo —le ha contestado mi madre.

—Ok, pues ahora volvemos, ¿vale?

—Vale —le ha contestado Kiri.

—Vale —le he contestado yo.

Y nos hemos quedado los dos a solas, como tantas veces hemos estado, pero esta vez ha sido distinto porque no teníamos nada que decirnos.

Yo no podía dejar de mirar esas pecas que hoy estaban más quietas que nunca.

Ella miraba hacia el suelo.

Hemos estado así un rato, mucho, muchísimo... hasta que ha hecho una pregunta rara.

—¿Y yo? —ha susurrado, muy despacio, casi no lo he oído.

¿Y yo? ¿Qué pregunta era esa? ¿Qué respuesta había a una pregunta tan rara?

Y tras ese ¿y yo?, he empezado a notar que algo le pasaba. Ha cerrado sus puños con fuerza, como si quisiera romperse los dedos, ha apretado tanto los dientes que pensaba que se iba a morder su propia boca... y ha comenzado a temblar.

Primero han sido sus manos, luego sus brazos junto a todas sus pulseras, después sus pecas y por último su cuerpo al completo.

Ha levantado la cabeza y me ha mirado llorando.

* * *

¿Y yo?

Y por fin la chica de las cien pulseras ha hecho la pregunta que llevaba tantos días escondida en su cabeza. Han sido solo dos palabras, pero suficientes para remover todo un mundo, al menos el suyo.

¿Y yo?

Una pregunta que nace desde esa parte del amor que a veces se mancha de odio. Una pregunta que llega cuando alguna de esas mariposas que revolotean en el estómago deja de hacerlo.

¿Y yo?

Se pregunta una chica que lleva demasiado tiempo en el otro lado del espejo, en ese desde el que puedes ver sin ser visto, desde el que puedes sentir dolor sin que nadie te ponga un dedo encima, desde el que puedes odiar tanto a alguien que te gustaría matarlo a besos.

¿Y yo?

Una pregunta que, inevitablemente, siempre implica un nosotros.

* * *

—¡Gilipollas! ¡Maldito gilipollas! —ha empezado a gritar apretando aún más los puños.

Me ha agarrado de los hombros y ha comenzado a moverme mientras me miraba de una forma tan fuerte que he tenido que cerrar los ojos.

—¡¿Por qué? ¿Estás loco? ¿Es eso? ¿Estás loco?! —ha continuado gritando, cada vez más fuerte—. ¿Eres un puto pirado?

Yo me he quedado inmóvil, sin saber qué hacer, sin saber qué decir, sin saber nada.

—¡Gilipollas, gilipollas de mierda! —ha continuado gritando sin soltarme, apretándome con tanta fuerza que notaba cómo sus uñas se me clavaban a través del pijama.

»¡Idiota, maldito idiota, gilipollas, puto pirado de mierda! —Y de pronto, como si toda la fuerza que tenía se le hubiera acabado de golpe, me ha soltado.

Le ha dado un puñetazo a la cama, se ha limpiado las lágrimas con las manos y se ha ido corriendo de la habitación con un portazo.

He oído gritos fuera, no sé muy bien lo que estaba pasando pero en ese momento me hubiera gustado hacerme invisible de nuevo. Y lo he intentado, he hecho lo mismo que hacía cada vez que quería desaparecer: me he concentrado, he cerrado los ojos con tanta fuerza como he podido, he encogido mi cuerpo... pero nada, desde el accidente ya no soy capaz de hacerlo. Quizá es la maldita medicación... no lo sé, pero ya no puedo.

Al momento ha entrado mi madre.

—¿Qué ha pasado? —me ha preguntado nerviosa.

—No lo sé, no lo sé —le he mentido.

—¡Va, cuéntame! ¿Qué ha pasado? ¿Por qué se ha puesto así?

—De verdad que no lo sé, mamá —le he vuelto a mentir.

—Escucha, no me vengas con tonterías —me ha insistido.

—¡Déjame! —le he gritado.

Me ha mirado con rabia y ha salido de nuevo de la habitación.

Y me he sentido fatal.

Nunca suelo gritar a nadie, y menos a mi madre. Y menos a la persona que se pasa las horas sentada en esta mierda de butaca, a la persona que me agarra la pierna por las noches, a la que me ha cambiado cada vez que, por culpa de la medicación, me he meado encima... a ella, le he gritado a ella.

Y yo ya no puedo más, solo tengo ganas de llorar, solo quiero contarlo todo, decir que soy tan cobarde... Y ha empezado de nuevo ese pitido, fuerte, muy fuerte, y esta vez me ha pillado solo en la habitación. He intentado aguantar en silencio pero ha sido imposible, he comenzado a gritar, a gritar mucho, a llorar de dolor... era tan fuerte que me dolían hasta los ojos.

Y ha entrado mi madre de nuevo, corriendo. Y al verme así ha salido al pasillo para llamar a la enfermera.

Y ha vuelto para sentarse junto a mí.

Y me ha abrazado.

Y yo he continuado gritando.

Y he oído que entraba gente en la habitación.

Y unas pastillas en mi boca.

Y un pinchazo en el brazo.

Y el abrazo de mi madre.

Y un elefante, y otro, y otro, y otro… y mil elefantes golpeando mi pecho con sus patas.

Y tal como han venido, se han ido.

Y ha comenzado a desaparecer la habitación.

Y el ruido.

Y el dolor.

Todo.

* * *

El niño de la cicatriz en la ceja

Y mientras un chico exinvisible se ha quedado dormido gracias a la medicación, otro está pensando en cómo habrá ido la visita de Kiri. ¿Habrá dicho algo?

Se acribilla a preguntas que no le conducen a nada, preguntas que ni siquiera le sirven para intentar evadir su verdad, su sentimiento de culpa.

Piensa en todos los momentos que el chico invisible y él han pasado juntos. Se toca la pequeña cicatriz de la ceja y recuerda aquella carrera.

Había pasado sin piedad el invierno sobre dos bicis antiguas —las del abuelo— que descansaban en un viejo trastero, a la espera de que llegara algún verano que les diera vida de nuevo. Tras limpiar el óxido y polvo acumulado durante años, tras inflarles las ruedas y recolocar los sillines…

—¿Has cogido alguna vez una de estas? —le preguntó.

—No, nunca, ¡qué grandes son!

—Sí, gigantes, y no tienen marchas, ¿eh?

—Nada, parecen dos hierros.

—¿Una carrera?

—¿Con estas?

—Claro, venga.

Y los dos amigos se fueron a una gran explanada cercana, en el pueblo. Se colocaron y a la de tres comenzó una carrera cuyo inicio era la casa y cuya meta una valla.

—¡Una, dos y tres!

Los dos niños pedalearon todo lo fuerte que pudieron sobre dos bicicletas antiguas. No había vencedor claro, ambos iban a llegar prácticamente igual a la meta. El único problema es que a ninguno de los dos se les había ocurrido revisar los frenos: en una bici aún funcionaban; en la otra, no.

Por eso, cuando Zaro apretó el freno se dio cuenta de que aquello estaba muerto, la palanca estaba flácida, sin fuerza.

La valla estaba cada vez más cerca. Nervioso, puso bruscamente los pies en el suelo y ese contraste de velocidades hizo que la bicicleta se descontrolara y ambos —bici y niño— cayeran al suelo.

Resultado: arañazos en manos, codos, rodillas y un gran golpe sobre su ojo derecho, en la ceja.

Hospital, puntos, un recuerdo en forma de cicatriz y una anécdota de la que se iban a reír durante años.

Ahora, en cambio, no es él quien se ha caído, sino su amigo, y el problema es que sus heridas son más complicadas de ver, porque son de las que van por dentro, de las que nunca se sabe si se van a curar con el tiempo.

Y no es esa la única diferencia entre el ahora y el entonces. Porque en ese entonces, en cuanto él se cayó de la bici, su amigo fue corriendo a ayudarle: lo levantó, lo apoyó sobre su hombro para llevarlo a casa, avisó a sus padres... justamente nada de lo que él ha hecho en el ahora.

Ahora se ha quedado al margen, dejando que su amigo siga en el suelo, día tras día.

* * *

Llega la noche sobre un chico que sigue durmiendo en el interior de un hospital donde ya solo hay silencio.

Llega también la noche sobre un padre que ha salido corriendo del trabajo en cuanto le han dicho que su hijo ha tenido otro ataque de pánico. Un padre que se da cuenta de que lo está viendo más esta semana que en toda su vida: trabajo. Un padre que se está dando cuenta de que para educar a un hijo es necesario estar con él.

Y es ese mismo padre el que, por esta noche, ha relevado a su mujer, el que se intenta acomodar ahora en la butaca de la habitación del hospital, el que recuerda con dolor una conversación que tuvo con su hijo en esa misma cama, justo hace dos días:

—¿Hoy tampoco trabajas, papá?

—No, hoy no, me han dado permiso para poder estar contigo aquí, cuidándote.

—¿Y no pueden darte esos permisos cuando estoy bien, cuando no estoy enfermo, para que podamos pasar más tiempo juntos?

Y fue ahí cuando comenzó a dolerle el corazón. Esa noche intentó recordar las veces que él había estado en casa entre semana: cuando cogió aquella gripe tan fuerte, cuando tuvo un accidente en la mano, cuando se murió el abuelo, el día libre que pidió para acudir al entierro de su suegra… pero nunca le habían dado permiso para celebrar la caída de un primer diente, para enseñar a un hijo a ir en bici, para pasar juntos el día de su cumpleaños, para bañarse en la playa… en definitiva, para las únicas cosas importantes de la vida jamás le habían dado permiso en el trabajo.

* * *

Y es esa misma noche la que llega sobre mil habitaciones más de la ciudad...

Sobre la habitación de una chica que ignora a cuántos besos de distancia está el odio; que se ha dado cuenta de que no estaba preparada para verlo; que está descubriendo que no existe el amor sin miedo.

Una chica que debe tener cuidado al juntar los restos de una desilusión porque ahora sabe que se puede cortar con ellos.

Sobre la habitación de un chico que no para de pensar en cómo habrá sido el encuentro entre Kiri y su amigo, en lo que se habrán dicho, en qué habrán sentido el uno por el otro al verse de nuevo. Porque en el fondo, a él también le gusta esa chica, aunque tampoco se atreva a decírselo.

Sobre la habitación de un chico con nueve dedos y medio que continúa pensando que no va a pasar nada, y aun así, cada vez que suena el teléfono de casa tiembla su cuerpo.

* * *

Me he despertado, otra vez este maldito pitido que me atraviesa la cabeza.

Miro el reloj, las 05.14.

Hoy es mi padre el que duerme acurrucado sobre la butaca que tengo aquí al lado. He estado un rato mirándole y me han entrado muchas ganas de abrazarle, de contárselo todo y acabar así con el erizo de una vez.

Al rato ha entrado Kiri en mis pensamientos. Nos conocemos desde pequeños, nacimos en el mismo año, en el mismo mes y casi en el mismo día, ella el 20 y yo el 19, de hecho, siempre hemos celebrado los años juntos, hasta compartíamos las velas de cumpleaños.

Kiri es igual de alta que yo, delgada, con el pelo tan largo que la mayoría de las veces lo lleva atado con trenzas. Suele vestir de una forma especial y lleva más de cien pulseras en una de sus muñecas.

Kiri fue una de las últimas personas que dejó de verme. Al principio desaparecía delante de ella como un juego, como una pequeña broma, sin darle importancia, pero poco a poco fui necesitando estar menos tiempo visible y así llegó el momento en el que ya no dejaba que me viera casi nunca.

¿Por qué lo hice? Pues porque ella me gusta, me gusta mucho. Hasta hace un tiempo no me había fijado en ella como me estoy fijando ahora, no había sentido esas hormigas corriendo por encima de mis brazos cada vez que me mira, cada vez que me sonríe…

Y claro, después de todo lo que me estaba pasando, preferí ser invisible a que viera en lo que me había convertido.

Desde el accidente no había sabido nada de ella, han venido muchas personas que apenas me importan, otras que ni siquiera sabía que existían, y en cambio ella aún no había pasado por aquí. Pensaba que no iba a venir nunca y en cambio, hoy… hoy ha estado aquí.

Hoy por fin ha podido verme, aunque no lo haya querido hacer.

* * *

Y un chico que no puede dejar de pensar en todo lo ocurrido sabe que al final va a tener que contárselo a alguien, de lo contrario ese pitido acabará rompiéndole la cabeza.

Quizá se lo cuente a ella, a la psicóloga, para que así pase todo ya. Porque él solo quiere que se le cure el brazo, que le crezca de nuevo el pelo, que le cicatricen las heridas, que se le vaya ese maldito pitido de la cabeza, que se marche el erizo, que no vengan más elefantes, que Kiri vuelva a hablarle, que todo sea como antes. Bueno, como antes no, como antes del antes.

Y así, pensando en tantas cosas se ha hecho de nuevo de día en el hospital.

Hoy la psicóloga vendrá pronto, a primera hora, justo después del desayuno, y entonces él lo contará todo, absolutamente todo... aunque en un principio no sirva para nada.

* * *

El día

Ha sido un día extraño, al final todo me ha salido al revés. Ni se ha ido el erizo, ni el elefante, ni tampoco el pitido. Hoy había decidido contárselo todo, he estado toda la noche ensayando mentalmente cómo hacerlo: cómo empezar, qué contarle primero, cómo explicarle lo de mis poderes... Pero todo ha salido mal.

—¿Cómo estás? —me ha preguntado nada más entrar.

—Bueno, bien, pero... —Y me he quedado en silencio.

—¿Qué pasa? —me ha vuelto a preguntar mientras se acercaba a mí.

—Es que... —Y ahí me he derrumbado.

Me ha cogido la mano y me ha abrazado durante muchos minutos. He sentido su aliento en mi cabeza sin pelo, he notado cómo me abrazaba de verdad. Poco a poco se ha separado de mí...

—¿Quieres contarme algo? —me ha preguntado mientras me sujetaba la mano.

—Todo... —le he contestado.

—Para eso estoy.

Y he empezado a hablar.

* * *

—Todo empezó con los monstruos, bueno con el monstruo, con el primero… —le he dicho.

—¿Monstruos? —me ha preguntado abriendo mucho los ojos.

—Sí, monstruos, muchos, muchísimos, miles. Muchos de ellos siguen aquí, son los que me visitan por la noche y se me meten en el pecho, pues aunque ahora no los pueda ver los sigo sintiendo. No hace falta tenerlos delante para que te hagan daño, de hecho creo que siempre me han hecho más daño cuando no los he tenido delante que cuando sí estaban ahí.

—Pero…, tú sabes que los monstruos no existen, ¿verdad? —me ha dicho mientras me miraba.

—Claro que existen —le he contestado—. Vosotros, los adultos, nos decís que no existen para que no tengamos miedo, pero sabéis que existen, que están en todos lados. Lo que pasa es que no están debajo de la cama, ni en los armarios, ni detrás de la cortina.

—¿Ah, no? Y entonces, ¿dónde están? —me ha preguntado.

—Pues en muchos sitios: encima de los árboles, detrás de las puertas, caminando por la calle, dentro de los coches esperando que los niños salgan del colegio, sentados en las cafeterías frente al instituto... —Y he empezado a decirle los sitios donde yo los he visto. En realidad, los he visto por todas partes y lo peor de todo es que ellos también me han visto a mí, aunque después no hayan querido mirarme.

—¿Aquí también hay? —me ha preguntado.

—Sí, ha venido alguno a verme, bueno, han venido muchos, porque cualquiera puede ser hoy normal y mañana un monstruo, incluso tú misma —le he dicho—. Han venido por el día y han entrado por esa puerta, y otros vienen por las noches y se meten en mi cuerpo, esos son los peores porque no los puedo ver... Otras veces me cogen con sus manos invisibles y consiguen que mis brazos y mis piernas comiencen a temblar...

Ella ha lanzado un suspiro y ha anotado algo en una pequeña libreta.

—Sigue, sigue —me ha dicho.

—Hubo un primer día. Y a partir de aquel primer día, el primer día que vi al primer monstruo, fue cuando comenzó todo. Me obsesioné con buscar algún superpoder que me hiciera más fuerte, o más rápido, o más alto, o más grande, o incluso más pequeño, cualquier cosa me servía.

—¿Superpoderes? —ha vuelto a preguntarme mientras se quitaba las gafas y se frotaba los ojos.

—Sí, poderes que en realidad todos tenemos —le he dicho—, siempre hay personas que tienen alguno de los sentidos más desarrollados: por ejemplo, pueden tener una muy buena vista, un oído muy entrenado, un olfato como el de un perro... aunque eso son poderes pequeños comparados a los que yo he conseguido.

—¿Cómo los que tú has conseguido?

—Sí, muchos, pero todo empezó el día del avispero, aquello lo cambió todo.

Ahí nos hemos quedado los dos en silencio. Ella ha dejado la libreta sobre la mesa, se ha quitado las gafas y me ha mirado.

—¿Qué pasó ese día? —me ha preguntado.

—Me convertí en una avispa.

* * *

Mientras un chico exinvisible comienza a contar todo lo que se ha estado guardando hasta ese momento, en una habitación de un piso situado en las afueras de la ciudad, un niño con nueve dedos y medio se mantiene tumbado en su cama, nervioso.

No tiene ni idea de lo que estará pasando en el hospital, no sabe si estará diciendo la verdad o aprovechando lo ocurrido estará contando también alguna mentira.

¿La verdad?, se pregunta. ¿Qué verdad? ¿La que ocurrió? ¿La que pudo ocurrir cuando el último día él se acercó? ¿La que pensó en su cabeza? ¿La que sintió en su corazón? Qué fácil sería el mundo si solo hubiera una verdad.

¿Cómo arreglar el castillo de arena ajeno que tú mismo has destrozado? ¿Cómo regalar una flor sin arrancarla del suelo? ¿Cómo disfrutar de un bosque cuando primero pasó el fuego? ¿Cómo recuperar la piedra que has tirado al lago? De momento continúa su vida normal, nadie le ha dicho nada, pero sospecha que un día u otro recibirá una llamada. Y entonces tendrá que hablar.

* * *

—Pensé que si a Spiderman le había picado una araña y había tenido superpoderes, yo también podría tenerlos si me picaba otro insecto, por ejemplo una avispa.

—¿Y qué ocurrió?

—Fui capaz de convertirme en una, y además conseguí alejar a los monstruos, conseguí que me tuvieran miedo ellos a mí. A partir de aquel día comencé a tener poderes.

—¿Como cuáles?

—Por ejemplo, soy capaz de respirar debajo del agua todo el tiempo que quiera, de hecho creo que sería capaz de vivir bajo el agua si me apeteciera.

—Vaya... —y continuó apuntando algo en su cuaderno.

Nos quedamos los dos en silencio.

—Continúa, continúa... —me dijo.

—Bueno, también tengo otros poderes, puedo oír cualquier conversación desde muy lejos, puedo ver perfectamente en la oscuridad; soy capaz de ir mucho más rápido que el resto de las personas. Pero a pesar de todos esos poderes los monstruos seguían allí, se iban pero volvían de nuevo, así que decidí buscar un nuevo poder, uno tan grande que no pudieran hacerme nada. Y finalmente lo encontré.

—¿Cuál fue ese poder?
—Soy capaz de hacerme invisible.

* * *

—¿Invisible?...

—Sí, claro, ¿no lo has leído en las noticias? Todos hablan de ello.

—No, no lo he leído, pero sigue, cuéntame qué ocurrió, ¿cómo te hiciste invisible?

—Bueno, fue por casualidad, un día en el que había monstruos por todas partes, comencé a desear poder desaparecer de allí, me concentré, me acurruqué... y de pronto, cuando abrí los ojos me di cuenta de que los monstruos habían dejado de verme. Miraban a todos lados menos a donde yo estaba. Los tenía delante de mí, pero no me veían... Y se fueron sin saber que yo seguía allí. A partir de aquel día me he dedicado a mejorar mi técnica para poder desaparecer siempre que quiera.

En ese momento la psicóloga ha cerrado su libreta y la ha guardado en su bolso.

—¿Podrías hacerlo ahora? —me ha preguntado.

—¿El qué?

—Podrías hacerte invisible ahora mismo.

—Bueno, ahora mismo no, desde el accidente creo que he perdido la capacidad de hacerlo.

—Vaya… —me ha dicho mientras comenzaba a levantarse—. Bueno, creo que por hoy hemos terminado.

—¿Ya?

—Sí, ya.

—Pero… aún faltan muchas cosas, aún no te he contado nada de cuando volé con un dragón.

—¿Con un dragón?… Verás… —me ha dicho mientras se colocaba el bolso— prefiero que sigamos mañana, ahora mismo no sé qué pensar.

—¡Pero, es verdad, es verdad todo lo que te he dicho, todo es cierto! ¡De verdad! —le he gritado.

—Verás —me ha dicho mientras me cogía la mano—, sé que no estás loco, bueno, al menos eso creo. Todo lo que me has contado podría deberse al golpe que te diste en el accidente, podría ser también por todos esos cómics que me han dicho tus padres que lees, incluso podría ser porque… No lo sé, no sé por qué me has contado todo eso, pero hoy vamos a dejarlo aquí. Mañana volveré y seguimos hablando, ¿vale?

Me ha dado un beso, ha sujetado con fuerza su bolso y con un hasta mañana se ha ido.

* * *

No entiendo qué ha pasado, ¿por qué se ha ido así? No he podido hacerme invisible delante de ella porque desde que estoy aquí he perdido ese poder, pero eso no significa que todo lo que he vivido sea mentira.

Comprendo que algo así es difícil de creer, de hecho, al principio, cuando me pasó la primera vez yo también alucinaba.

Al principio el efecto solo duraba unos minutos, unos minutos en los que de pronto desaparecía, me volvía invisible. Pero poco a poco conseguí que el tiempo fuera aumentando, un día media hora, otro día cuarenta minutos, una hora… ¡A veces era capaz de que nadie me viera en horas!

También es verdad que nunca conseguí desaparecer durante un día entero, siempre había un momento en el que, de pronto, me volvía visible y alguien me veía.

El problema es que nunca he llegado a controlar bien ese poder: a veces, cuando más ganas tenía de ser invisible era cuando más gente me veía, y en cambio, cuando quería que todos me vieran era cuando a mi cuerpo le daba por desaparecer.

Los primeros días me sentía como un superhéroe, pensaba que era la única persona en el mundo que había conseguido ser invisible. Pero justo unos días antes de que ocurriera el accidente me encontré en el parque con alguien que, hace años, también había conseguido ser invisible.

—No eres el único que alguna vez ha sido invisible, hay mucha gente a la que le ocurre lo mismo que a ti, lo que pasa es que todos lo mantienen en secreto, nadie dice nada —me dijo.

—¿Por qué? —le pregunté.

—¿A quién se lo has contado tú?

—A nadie…

—Mira —me dijo mientras se daba la vuelta y se levantaba el pelo de su nuca—. ¿Sabes lo que es?

—¿Parece la cabeza de un dragón?

—Sí, es un dragón, pero este es un dragón muy especial.

—¿Por qué?

—Porque este dragón apareció cuando yo quería desaparecer…

* * *

En un pequeño piso, una psicóloga intenta dormir pero no puede. Convertirse en avispa, respirar bajo el agua, ver monstruos, hacerse invisible, volar con un dragón... se pregunta por qué un chico necesita inventarse cosas así. Sabe que no está loco, por eso no entiende lo que está ocurriendo. Tras mil vueltas en la cama y otros tantos pensamientos finalmente consigue dormirse.

Es al día siguiente, al volver de nuevo al hospital, cuando ese chico le cuenta la misma verdad pero de una forma distinta.

Es entonces cuando a ella se le encoge tanto el corazón que por un momento piensa que ya no va a volver a encontrarlo; cuando comienza a creer también en los monstruos, en los poderes y en los dragones; cuando comprende de dónde viene esa sensación de ahogo al despertarse, esos elefantes en el pecho y, sobre todo, por qué escucha un pitido tan fuerte en su cabeza.

Es entonces cuando se da cuenta de que para ser un monstruo no es necesario hacer algo especial, a veces basta con no hacer absolutamente nada.

* * *

LOS MONSTRUOS

El primer monstruo

Todo empezó un viernes.

Iba a ser un viernes como cualquier otro, la única diferencia es que teníamos un examen de matemáticas a última hora. Sí, un viernes a última hora.

Había estado preparándome para ese examen durante varias semanas porque era muy importante para la nota media. Pero también porque me gustan las matemáticas, me gusta jugar con los números, hacer cálculos de memoria... eso forma parte de mi defecto.

Recuerdo que aquel día, como la mayoría en los que tenía examen, me desperté muy pronto, incluso antes que mis padres.

Recuerdo también que mi hermana, como casi todas las mañanas, vino corriendo a mi cama para acurrucarse junto a mí. Y eso, aunque ella aún no lo sepa, es algo importante en esta historia, tan importante que al final consiguió salvarme la vida.

Supongo que, como cada día, mi madre me daría prisa para que me vistiera y desde la cocina me llamaría a gritos para que bajara a desayunar.

En mi casa el desayuno siempre ha sido un poco caótico:

mi padre se toma un café y se va corriendo al trabajo, mi madre no toma nada y en cuanto ha vestido a mi hermana se la lleva a la escuela matinera ya que ella entra a trabajar muy pronto. Y yo me quedo solo en casa desde las 7:45 hasta las 8:10 más o menos que es cuando me voy hacia el instituto.

Desde mi casa hasta el instituto tardo unos quince minutos andando, pero eso era antes de tener superpoderes, después fui capaz de llegar en menos de cinco minutos. ¡En tan solo cinco minutos! Y algún día incluso en menos tiempo.

Durante el rato en el que estoy a solas siempre aprovecho para hacerme el bocadillo. Mi padre dice que no está el mundo para criar más inútiles, así que si quiero almorzar algo tengo que hacérmelo yo. Y eso, en esta historia, es muy peligroso, pues estuvo a punto de acabar mal, muy mal. Casi mato a un monstruo.

Aquel viernes, como tantos y tantos días, salí a la calle a las 8.10, sabía que tardaría unos diez minutos en atravesar el parque que me separa de la casa de Zaro. Él y yo siempre quedábamos en un supermercado que hay en la esquina de su calle. Después continuábamos los dos juntos hasta un descampado donde nos esperaba Kiri. Eso es lo que ocurría casi todos los días. Y desde ahí, llegábamos los tres juntos al instituto, pero bueno, eso era antes de volverme invisible, claro. Aquel viernes, como todos los demás días, cogí la mochila, cerré la puerta y bajé por las escaleras.

* * *

Aquel viernes, en el mismo instante en que un chico que aún no sabe lo que es ser invisible ha salido de su casa, otro chico lo hace desde un piso situado a bastantes manzanas de distancia, en dirección al mismo instituto.

Tiene también el mismo examen: matemáticas a última hora, pero no ha estudiado nada. En realidad le da igual aprobar que suspender, ya que este año ha repetido y sabe que pasará de curso haga lo que haga, ventajas del sistema, piensa.

Sale con una mochila que igual podría tener en su interior libros que piedras, pues les daría el mismo uso, quizá más a las piedras. Y es que él tiene otros objetivos en mente, como por ejemplo Betty, una preciosa chica con un piercing en la nariz y otro en el ombligo.

Se da cuenta de que ha salido de casa sin el almuerzo, pero eso también le da igual, ya conseguirá uno en el recreo.

* * *

Crucé el parque deprisa, supongo que pensando en las preguntas del examen, y casi sin darme cuenta llegué hasta la esquina del supermercado donde ya me esperaba Zaro. Él es mi mejor amigo, nos conocemos desde la infancia, y hemos pasado muchos veranos juntos, en casa de mis abuelos, en su pueblo, en algún campamento de verano… En cuanto llegué nos chocamos las dos manos, es un ritual que llevamos haciendo años, desde el día que una carrera en bici acabó un poco mal.

Supongo que aquel viernes hablaríamos de mil cosas: del examen, de Kiri, de lo que haríamos el fin de semana, de lo bien preparado que llevaba yo el examen y de que él lo llevaba como siempre. Ese como siempre era un aprobado justo, pero aprobado. Zaro nunca sacaba más de un 6, pero nunca menos de un 5. Siempre lo justo para no suspender pero a la vez lo justo para no destacar.

Hablamos también de la locura que era poner un examen a última hora, y además un viernes. Todo el mundo sabe que poner un examen a última hora es lo peor. Es mucho mejor ponerlo a primera hora, así tienes más reciente lo que has estudiado y, sobre todo, no estás nervioso durante todo el día, te lo quitas pronto de encima.

Seguimos andando calle abajo, hasta el descampado, y allí, justo en la esquina contraria, vimos a Kiri. Aquel día se la veía desde lejos. Ella es tan distinta a mí, siempre está visible, muy, muy visible, y aquel día mucho más…

* * *

Kiri iba de amarillo, toda entera. Un jersey amarillo, un pantalón amarillo, unas zapatillas amarillas. Un limón con pulseras.

Nos reímos un buen rato, pero a ella le daba igual, y eso es lo que más me gusta de Kiri, que va a su bola, le importa un pimiento lo que piensen los demás.

En apenas dos minutos llegamos al instituto.

Recuerdo que aquel día, como casi todos en los que había examen, en el recreo muchos llevaban el libro o los apuntes en la mano, apurando hasta el último momento. Yo no, nunca he querido repasar nada antes de un examen.

Kiri y Zaro sí que salieron a almorzar con sus libros.

Tocó el timbre del fin del recreo y todos entramos corriendo, pues las siguientes dos clases, las dos últimas, las habían juntado para hacer el examen que iba a ser más largo de lo normal.

Estuvimos esperando en el pasillo, fuera del aula grande, a que llegara el profesor. Tardaba. Siempre hay un momento en los exámenes en el que aún existe la esperanza de que haya ocurrido algo a última hora: que el profesor se haya puesto enfermo, que se hayan perdido los exámenes... pero no ocurrió nada de eso. Entró corriendo, sudando, con un montón de papeles entre las manos.

—¡Vamos, vamos! —gritó mientras caminaba nervioso por el aula.

Le acompañaba otra profesora que se puso en la puerta y comenzó a pasar lista. Y así, en ese orden, nos fuimos sentando en los bancos del aula.

Es curioso cómo un pequeño detalle puede cambiarlo todo. Si aquel día las mesas hubieran estado distribuidas de otra forma, si hubiera faltado alguien, si se hubieran equivocado al leer la lista... si hubiera pasado cualquiera de esas cosas ahora mismo no estaría aquí en este hospital. Solo eso, un detalle que puede cambiar una vida.

* * *

Entramos y vi que a Zaro le había tocado sentarse justo en la otra punta de la sala, en cambio Kiri estaba casi a mi lado, solo nos separaba un alumno. Asomé la cabeza y la saludé. Nos reímos, y vi mil pecas moviéndose por toda su cara.

—¡Silencio! —se oyó de pronto, pero nadie calló—. ¡¡Silencio!! —De nuevo, más fuerte. Pero hicieron falta por lo menos cuatro silencios más para conseguir el silencio.

»Vamos a repartir el examen boca abajo —dijo el profesor mientras se colocaba las gafas—, que nadie lo levante hasta que yo lo diga.

Y conforme él y la profesora de apoyo repartían los exámenes lo primero que hacíamos todos era levantarlo para ver las preguntas.

—En cuanto lo acabéis podéis dármelo e iros a casa, que es viernes —dijo medio sonriendo.

—¡Si quiere yo puedo dárselo ya! —se oyó desde el fondo de la sala. Y todos empezamos a reír.

—Va, dejaos de tonterías, el tiempo comienza ya.

Teníamos una hora y media para hacerlo.

Pero yo lo acabé mucho antes.

Y se notó.

Y ese detalle también pudo haberlo cambiado todo.

El examen era fácil, yo diría que bastante fácil. Dice mi tío, que también es profesor, que cada vez las asignaturas son más fáciles, pues tienen que ir bajando el nivel para igualar hacia abajo, hacia el más tonto, para que el más vago de la clase no se sienta mal. «Algún día como uno no sepa escribir os dejan a todos ahí, haciendo caligrafía todo el año», me dijo una vez.

Miré el reloj, aún no había pasado una hora, pero yo ya había acabado. Miré de reojo a los demás y cada uno estaba en su mundo: unos movían el boli lentamente sin apenas escribir nada, otros hacían como que leían mil veces la pregunta, otros miraban de vez en cuando hacia el techo en busca de inspiración... y yo, yo ya había acabado.

Pero me daba vergüenza entregarlo tan pronto, así que me puse a hacer como que repasaba las preguntas.

Es importante no ser demasiado listo en el colegio, así uno pasa más desapercibido, es mejor ser de los mediocres, no destacar ni por arriba ni por abajo. De hecho creo que al vago se le valora mucho más que al que se esfuerza, bueno, al menos eso dice mi padre.

Y justamente en eso estaba, repasando sin repasar las respuestas, cuando lo escuché.

—Sheee, sheee...

* * *

—Sheee, sheee…

Fue como un susurro.

Me quedé quieto, intentando saber si aquel sonido era de verdad o me lo había imaginado.

—Sheee, sheee… —otra vez.

No, no era mi imaginación. Además, esta vez el susurro sonaba más fuerte. Alguien detrás de mí me estaba llamando. Pero no me giré. No me giré porque sabía quién se había sentado ahí.

—Sheee… Eh, gilipollas… Te hablo a ti —me dijo en voz baja.

Me asusté.

No me giré del todo, lo suficiente para saber lo que ya sospechaba: allí, justo detrás de mí estaba sentado él.

—Pásame tu examen —me dijo en voz baja.

—Es… es que no he acabado… —le mentí.

—Me da igual… —susurraba de nuevo, dámelo y toma el mío. Y en ese momento noté que algo me tocaba la espalda, su examen, supuse. Sentí un escalofrío que me recorrió todo el cuerpo.

Busqué al profesor con la mirada, pero estaba en la otra punta de la sala comentando algo con un alumno.

—¡Que me lo des ya, imbécil! —me dijo con más fuerza.

Y ahí, en mi respuesta también podría haber cambiado todo. Podría no haber despertado al primer monstruo, el primero de una larga lista, de una lista de más de diez, de más de cien, de más de mil monstruos…

Una palabra que cambió mi vida a partir de ese momento.

* * *

NO

—¡¿Qué?! —gritó furioso.

Y yo me callé, me encogí hacia adelante por si acaso venía un golpe desde atrás.

—¿Qué pasa por ahí? —dijo el profesor mientras se acercaba a nosotros.

—Nada, nada —contestó él.

—Nada —contesté yo.

—¿Ya has acabado? —me preguntó.

—Sí, ya, ya he acabado —le dije mientras le daba el examen, tenía muchas ganas de salir de allí.

—Bien, los que hayan acabado pueden entregarme el examen y largarse a casa.

En ese momento se escucharon un montón de sillas.

Aquel día no esperé a Kiri ni a Zaro, cogí mi mochila, salí a la calle y comencé a andar hasta mi casa todo lo rápido que pude.

Miraba atrás una y otra vez. No había nadie, pero yo seguía temblando, sabía que aquel NO me traería problemas.

* * *

Y en el mismo instante en que un chico sale demasiado deprisa hacia su casa, otro se ha quedado inmóvil ante un examen en blanco, tan rabioso como sorprendido.

«No. Me ha dicho que no», continúa pensando, sin hacerle caso a nada más, ni al examen, ni a sus amigos, ni al profesor... nada, es como si esa simple palabra de dos letras le hubiese colapsado la mente.

Una mente —y sobre todo un cuerpo—, acostumbrada a conseguir siempre lo que quiere, quizá por eso no acaba de asimilar lo que ha ocurrido. Hace ya mucho tiempo que no escucha un no por respuesta, ni en su casa, ni en el colegio, ni en la calle... porque un NO significa convertirse en su enemigo.

Es alto, fuerte y guapo, y piensa que en la sociedad en la que vive no le hace falta nada más. Tiene, además, dos años más que sus compañeros. Su único defecto es que le falta un trozo del dedo meñique, aunque él lo ha convertido en ventaja al decir que lo perdió en una pelea, en la misma en la que le hicieron la cicatriz que tiene en el pecho, justo encima del corazón. Al menos eso es lo que él dice. Nadie sabe si es verdad, pero tampoco habrá nadie que lo ponga en duda.

«NO.»

«Me ha dicho que no», piensa.

«Pero ¿quién se ha creído que es ese imbécil?

»Me ha dicho que no, y además delante de todo el mundo, todos lo han oído, me ha hecho quedar en ridículo.

»Y lo peor de todo, otra vez he suspendido. Mis viejos ya me han dicho que un suspenso más y me quitan el móvil y la paga y la moto, y la hostia, todo.

»Por culpa de ese imbécil no he podido aprobar el examen, pero me las pagará, ya lo creo que me las pagará.

»Me ha dicho que no.»

En realidad lo que más le preocupa no es el suspenso, pues sabe que, al final, sus padres le darán el móvil, y la paga, y la moto, y todo lo que haga falta; lo que más le molesta es ese no. Un no que le persigue en cada paso, en cada pensamiento. No, no, no, no, no… dos letras que, como una metralleta, golpean una mente que no tiene herramientas para tolerar la frustración.

Le gustaría vengarse ya, ahora, odia esperar. Le pega varias patadas a una puerta para liberar su rabia. Escupe, aprieta los puños, se muerde los dientes con tanta fuerza que parece que se van a partir en ese mismo momento.

No puede esperar, no puede esperar, porque no sabe, porque nadie se lo ha enseñado. Por eso tiene que hacer algo, de lo contrario, va a volverse loco. Y es entonces cuando se le viene una idea a la cabeza.

«Perfecto», piensa mientras llama por teléfono a uno de sus amigos.

* * *

Aquel viernes llegué a casa muy nervioso.

No acerté a meter las llaves a la primera, ni a la segunda, ni a la tercera... mis dedos temblaban. Entré en casa y cerré lo más rápido que pude, como si al otro lado de la puerta hubiera un fantasma.

Mis padres todavía no habían llegado y estuve un buen rato andando de un lado a otro del comedor sin saber qué hacer. Intenté convencerme de que no había pasado nada; de que el lunes, cuando volviera a clase, todo se habría olvidado.

Abrí la nevera, cogí algo para merendar y me subí a la habitación para refugiarme en mis cómics. Siempre que he tenido algún problema esa ha sido mi terapia.

Estuve leyendo durante un buen rato, y mientras observaba aquellos cómics pensaba en qué harían Spiderman, Superman o Batman en mi lugar.

Al final me di cuenta de que estaba mirando los dibujos pero no era capaz de concentrarme en nada. Los dejé a un lado y me tumbé boca arriba en la cama.

Comencé a mirar todos los pósteres que tenía en la habitación hasta que llegué a uno en el que ponía una frase que me llamó la atención: «Tienes que convertirte en más que un hombre en la mente de tu oponente».

La leí varias veces, era como si alguien la hubiera puesto ahí para mí: «más que un hombre»...

Estuve un buen rato mirando hacia el techo, sin hacer nada, dejando pasar el tiempo hasta que me llegó un mensaje al móvil.

Me levanté de la cama de un salto, asustado.

* * *

Hola, Q ha pasado? Te has ido muy rápido del examen

Era Zaro.

Nada, bueno, q tenía prisa

Va, K pasa?

Na

Y lo de MM

Nada, quería que le pasara el examen

Ten cuidado con ese

Sí, no pasa nada

Pero el examen bien entonces?

Bien, sí, muy bien, ok

Genial, a mí también, no era difícil

Y a Kiri?

Kiri ya sabes que siempre dice lo mismo, que regular, pero muy bien seguro

Q haces mañana?

Con mis padres de compras, supongo

Vaya, nosotros nos vamos al pueblo

Genial

Nos vemos el lunes

Vale

Que lo pases bien.

:)

:))

:)))

:))))))

Y dejó de escribir.

Y volví a coger el cómic, pero cuando apenas llevaba dos páginas leídas, otro mensaje.

«¡Qué pesado es!», pensé, pero al ver la pantalla del móvil me di cuenta de que no era él.

Se me aceleró el corazón.

* * *

Hola!!!

Le escriben desde el otro lado de la pantalla.

Hola!!!!!!

Contesta él, y a ella también se le acelera el corazón; también le tiemblan los dedos, las pecas y hasta la sonrisa.

Lleva ya mucho tiempo buscando el momento para confesarle lo que siente, para pedirle un beso, una tarde de cine, un abrazo de esos que te dejan sin aliento… pero no se atreve. Llevan tanto tiempo siendo amigos que ahora no sabe cómo cambiar esa situación, no sabe cómo se pasa de la amistad al amor sin estropear lo primero ni cerrar las puertas a lo segundo.

Por eso, de momento, va a seguir así, ensayando a través del móvil lo que no se atreve a hacer en persona. Añadiendo cada día más iconos en cada mensaje: hoy un corazón o una cara guiñándole un ojo, mañana una sonrisa con un beso… haciendo que esas imágenes expresen lo que ella no se atreve a decir.

* * *

Era Kiri. Mis dedos temblaban.

Dice mi padre que en esta vida hay dos razones por las que se te puede salir el corazón del sitio, la primera es por amor, la segunda por miedo.

Hola!!!

Le contesté yo.

Hola!!!!!!

Q tal el examen??

Bien, muy bien.

Te has ido pronto?? Pq?

Bueno, tenía prisa tenía que ayudar en casa.

K haces este finde…

Y estuvimos así, intercambiando mensajes, más de media hora. Cada vez que en alguna de sus respuestas me llegaba un corazón yo comenzaba a flotar. Suponía que solo eran eso, dibujos, nada más, iconos que le mandaría a todo el mundo, pero en mi mundo yo me imaginaba que los besos que salían en mi pantalla eran solo para mí.

Kiri siempre me ha gustado, pero ha sido durante el último año cuando me he dado cuenta de que me gusta de verdad, creo que me he enamorado de ella. Por eso, en mi último cumpleaños, como iba a ser un deseo tan grande, soplé las velas con tanta fuerza. El problema es que llevamos tanto tiempo siendo amigos que supongo que si yo le gustase a ella quizá ya me lo habría dicho, quizá lo hubiera notado. Por eso durante todo este tiempo nunca he querido decirle nada, no quería estropear nuestra amistad. Prefería tenerla todos los días como amiga a no tenerla.

Después de un montón de mensajes nos despedimos: ella con un corazón violeta y dos caritas con beso que dejaron una sonrisa en la mía.

Al poco rato llegaron mis padres.

Dejé el móvil en la habitación y bajé con ellos.

Habían traído pizza, era viernes. Cenamos los cuatro juntos en la mesa del comedor.

Después de cenar estuvimos mirando un rato la tele pero yo me fui a la habitación con la excusa de que estaba cansado, de que no había dormido mucho preparándome el examen. Pero en realidad de lo que tenía ganas era de volver a leer cada uno de los mensajes de Kiri, repasar toda nuestra conversación. Era una forma de saborear otra vez sus palabras, de ver si alguno de sus besos o de sus corazones podían significar algo más.

Pero al coger el móvil me encontré con un nuevo mensaje que no me esperaba. Me encontré con la segunda razón por la que se te puede salir del sitio el corazón.

Asi q no, eh Ya ablaremos tu y yo el lunes

* * *

Aquella fue la primera amenaza de todas las que me llegaron durante el fin de semana.

El sábado, después de un montón de mensajes llenos de insultos, decidí quitarle el sonido al móvil. Y aun así, cada vez que vibraba, a mí me temblaba todo el cuerpo.

El domingo decidí apagarlo.

Hasta aquel momento solo conocía a MM de oídas. Yo acababa de llegar nuevo al instituto este año. En mi clase había coincidido con cuatro chicos y dos chicas de mi anterior colegio, pero de mis amigos amigos, solo con dos, con Zaro y Kiri.

Los primeros días de instituto todo fue mucho mejor de lo que me esperaba. Todos éramos nuevos y llegamos nerviosos, todos menos MM que ya había repetido curso.

Y llegaron los primeros exámenes, y como siempre, por mi defecto, saqué las mejores notas. Y aparte de algunas burlas, algún grito de empollón que otro, no pasó nada más hasta que llegó el maldito viernes en el que la suerte quiso que MM se sentará detrás de mí en el examen de matemáticas.

Aquel domingo lo pasé casi todo el día en mi habitación, a mis padres les dije que me dolía la tripa, que igual me había sentado algo mal y aproveché esa mentira para estar en la cama durante horas y horas leyendo cómics.

De vez en cuando Luna venía a mi habitación y hacía de doctora que me cuidaba, me ponía su termómetro de mentira, me daba sus medicinas de mentira y me ponía también tiritas, por todo el cuerpo, pero estas eran de verdad.

Y así pasó el domingo, muy lento, imaginando todo lo que podría pasar el lunes, por eso cuanto más se acercaba la noche más nervioso me ponía. No quería que llegara el día siguiente, no tenía ganas de ir al colegio y encontrarme con MM.

Cené sin hambre, lo de la tripa me seguía sirviendo, así que me fui pronto a la cama.

Cogí el móvil para encenderlo. Quería saber si Kiri me había escrito algo, si me había puesto otra cara sonriente, o unos labios con beso... cualquier pequeño detalle de esos que me hicieran feliz. Pero por otra parte no quería saber si MM me había vuelto a escribir, no quería encontrarme con más amenazas, con más insultos...

Al final me di cuenta de que podía más el miedo que el amor, así que decidí mantenerlo apagado.

Y cerré los ojos, pero no pude dormir...

* * *

Lunes

Y llega el lunes sobre un chico que no tiene ganas de ir a clase. Mira a la ventana deseando que nieve tanto que no pueda salir a la calle, que llueva de tal forma que parezca que el mar está ahí mismo, que haga tanto frío que se le congelen hasta los miedos... pero no, hace sol.

Podría simular que continúa enfermo, que le duele la tripa tanto que no va a poder levantarse, pero eso crearía un caos en su casa. Su padre se tiene que ir a trabajar, su madre también, hay que dejar a Luna en la escuela matinera... y no está ahora la cosa como para hacer tonterías en el trabajo, escuchó que el otro día le decía su madre a su padre. Y además, ¿cuánto tiempo puede durar un dolor de tripa? «Hasta que se olvide de mí», piensa él.

Baja sin ganas a desayunar, pero intenta disimularlo para que sus padres no noten nada distinto, para no tener que dar ninguna explicación.

Su padre ya se ha marchado, su madre lo hará en unos minutos y entonces él se quedará en casa.

Se preparará el bocadillo, la mochila... pero el móvil lo dejará en su habitación, apagado.

Y saldrá en dirección al instituto. Sabe que sacará la mejor nota del examen, lo que no sabe si eso será bueno o malo.

* * *

Llega el lunes sobre un chico con nueve dedos y medio que tiene más ganas que nunca de ir al instituto. Mira a la ventana deseando que haga sol, que no haya ninguna excusa para no asistir a clase. De todas formas sabe que hoy iría aunque hubiera mil tormentas, aunque cayera tanta nieve que bloqueara las carreteras, aunque el frío no le dejara caminar por la calle... de hecho, hoy ni siquiera estando enfermo dejaría de ir.

Se ha levantado pronto, se ha vestido y se ha ido directo a la cocina. Allí está su madre preparándole el desayuno, y el almuerzo, y todo lo que le haga falta... piensa que así, dándole todo quizá pueda compensar lo que ocurrió hace unos años.

A su padre, en cambio, apenas le ve, trabaja todo el día y cuando está en casa no hay conversación entre ambos. Por parte del adulto porque lleva dentro un sentimiento de culpa que le oprime el cuerpo; por parte del chico porque ya se ha acostumbrado a esa situación —a la ausencia de palabras, y cariño— entre ambos.

Coge la mochila con una ilusión que intenta disimular ante sus padres para que no noten nada distinto, para no tener que dar explicaciones.

Lleva en la mano un móvil desde el que no ha parado de

enviar mensajes durante todo el fin de semana, unos mensajes que no han tenido respuesta. «Cobarde», piensa.

Sonríe mientras camina hacia el instituto, sabe que suspenderá el examen, pero también sabe que tiene una ilusión nueva.

* * *

Aquella mañana fue la primera de muchas en las que salí con miedo de casa. Crucé el parque mirando a todos lados, buscando a Zaro desde lejos. En cuanto llegué a él lo primero que hizo fue preguntarme por el móvil.

—¿Lo has tenido apagado todo el finde?

—Sí, es que he estado malo, con un dolor de tripa… y se acabó la batería y ya no lo enchufé —le mentí.

—Sí que tienes un poco de mala cara, sí —me dijo, y eso hizo que me sintiera aún peor.

También me preguntó si había pasado algo en el examen con MM, pero yo le dije que no.

—Bueno, pero ándate con cuidado con ese. Es de los que les importa un pimiento estar aquí.

A los pocos minutos nos encontramos con Kiri. Sonrió nada más verme y eso me alegró el día. Solo eso, una sonrisa, aunque viniera sin emoticonos, sin besos, sin corazones violetas…

Llegamos al instituto y empecé de nuevo a mirar a todos lados, intentando localizarle. No lo veía por ningún sitio y eso me puso aún más nervioso.

* * *

Aquella mañana fue la primera de muchas en las que un chico con nueve dedos y medio sale hacia el instituto con una ilusión nueva.

A los pocos minutos se encuentra con sus amigos en una pequeña plaza.

—¿Te ha contestado a los mensajes?

—Ni uno, nada, creo que ni siquiera los ha leído.

—Cobarde.

—Sí, es un cobarde.

Llegan al instituto pronto, mucho antes de lo habitual, y se esconden en una esquina, alejados, desde donde es fácil ver y complicado ser visto.

Y lo ven, sí, justamente al niño que más tarde conseguirá ser invisible, ahora es al primero que ven.

MM lo nota nervioso, se da cuenta de que no para de mirar a todos lados, se da cuenta también de que no se separa de sus amigos… miedo.

Miedo, la gasolina que hace funcionar a personas como MM.

Quizá, si nuestro futuro chico invisible hubiera tenido otra actitud, más desafiante, más despreocupada; si lo hubiera visto mucho más seguro de sí mismo, más tranquilo… no se habría alegrado tanto. Pero MM lo único que vio allí fue miedo.

* * *

Entré en clase con miedo, miré a su mesa y aún no estaba allí. Me senté en mi silla, en la segunda fila, a tres de él, y prometí no girarme para nada en toda la clase.

Entró el profesor.

El problema era que justamente el lunes a primera hora teníamos clase de matemáticas. Yo recé para que aún no hubiera corregido los exámenes, para que no dijera las notas.

—Bueno, chicos, hoy traigo las notas del examen —fue lo primero que dijo—, he estado todo el fin de semana corrigiendo para quitármelo de encima. Y como casi siempre, mal, muy mal.

Comenzaron las risas.

—Aunque hay alguna excepción —continuó mientras sacaba unos folios de su maletín.

Ahí estaba yo, la excepción, la maldita excepción.

Comenzó a dar las notas del examen en voz alta, algo que yo detestaba, algo de lo que él disfrutaba. Porque si había algo que le gustaba a aquel profesor más que otra cosa en el mundo era ridiculizar a los alumnos.

—Un dos, un tres y medio, un cuatro con cinco, un seis, un cinco, un uno… —y así fueron cayendo todas las notas… Y llegó a MM.

—Un uno y medio, el uno por saber poner tu nombre y el medio de regalo. —Y ahí se produjo una situación incómoda en clase. Pues en esos momentos muchos de mis compañeros no sabían qué hacer: si reír al matón de turno para hacerle la gracia o no hacerlo por si acaso pensaba que te estabas riendo de él.

Y más notas, y más suspensos... hasta que llegó mi examen.

—Un diez, como siempre, genial. Aprended de él, este chico llegará lejos —dijo.

Se escucharon silbidos, algún abucheo... No fui capaz de girarme para verle la cara a MM, pero me la imaginaba. En ese momento ya me hubiera gustado ser invisible, no estar ahí cuando todos se giraron hacia mí.

Y de pronto, mientras el profesor continuaba diciendo las notas que quedaban, una bola de papel me pegó en la espalda. Fue la primera de muchas, de miles. No me giré porque ya sabía quién la había lanzado.

He pensado muchas veces en aquel momento, ¿qué hubiera pasado si me hubiera levantado, si hubiera ido a la mesa de MM y le hubiese dado un puñetazo? Seguramente se habría acabado todo, no me habría tirado más bolas.

Pero no lo hice porque para hacer algo así se necesita ser de una forma que yo no soy, porque se necesita tener un valor que yo no tengo.

Sonó el timbre del recreo y empecé a ponerme nervioso. Busqué rápidamente a Kiri y a Zaro para colocarme entre ellos.

Y salimos.

* * *

Y ese uno y medio cae como un golpe sobre MM aunque por fuera lo disimule, aunque se ría de ello ante el público. Sabe que suspendiendo los exámenes será más popular, más respetado, más temido... pero en su interior crece una realidad distinta. La que le hace entristecer en la intimidad de su habitación cuando piensa que no es capaz de ser más listo, que siempre será el tonto de la clase; el malo, sí, el popular, el guapo, el fuerte... y también el torpe, el que no da para más.

Por eso, para compensar esa debilidad que jamás confesará a nadie, utiliza la violencia, pues de momento le funciona. Es la rabia la que compensa la impotencia, la rabia contra un chico que representa todo lo que él no tiene, un chico que saca sobresalientes con la misma facilidad con la que él da puñetazos.

Por eso, para liberar toda esa ira que inunda sus huesos, en cuanto salga al patio buscará al culpable de todo, buscará a ese chico que no le dejó copiar el examen.

Y mientras llega la hora, su cuerpo va acumulando rabia.

* * *

Salí al patio con Zaro, Kiri y otras dos chicas de clase. Nos pusimos en el mismo lugar de siempre, en una de las esquinas que hay junto a la fuente.

Aquel día, yo intenté colocarme en el centro de todos, como si ellos formaran el escudo con el que iba a poder protegerme.

Pero hay veces que uno no puede evitar lo inevitable y lo inevitable llegó.

Aún no habíamos abierto los bocadillos cuando MM y dos chicos más se acercaron hasta nosotros. Se dirigió directamente a mí.

—Así que no, ¿eh? —dijo con rabia.

—¿Qué? —simplemente me atreví a decir.

—Ya sabes de lo que estoy hablando, del examen que no me pasaste… idiota. —Y ese idiota salió de su boca con más rabia aún.

—Es que nos iban a pillar… —intenté excusarme.

—No, no nos iban a pillar, no quisiste dármelo, imbécil.

—Que no, que no, que nos iban a pillar…

—El que te voy a pillar soy yo. —Y en ese momento de frustración, MM me empujó.

No fue un empujón fuerte, solo me movió un poco, pero eso fue suficiente para los dos.

Para mí porque había empezado algo que no sabía cómo parar y para él porque al no defenderme, al no devolverle el empujón se dio cuenta de que podía continuar.

—¡Oye, oye! Pero ¿qué te has creído? —gritó Kiri.

—Así que tienes defensora —dijo dirigiéndose a mí.

Y sin que me diera cuenta alargó el brazo y me quitó el bocadillo.

—¿A ver, a ver qué tienes aquí dentro? —dijo riendo mientras se alejaba unos metros.

Todos nos quedamos a la espera.

—Buaj, atún, no me gusta —dijo mientras tiraba el bocadillo al suelo.

Me miró a los ojos, creo que para ver si reaccionaba, pero al darse cuenta de que yo no hacía nada levantó su pie y lo pisó con todas sus fuerzas.

Él se quedó allí, frente a mí, riendo. Y yo me quedé mirando cómo había quedado el bocadillo en el suelo.

Y a los pocos segundos ocurrió algo en mi cuerpo que no pude controlar.

* * *

El bocadillo

Y justo en ese instante, el chico asustado que observa su bocadillo en el suelo, acaba de descubrir que existe la violencia real. No la violencia que está acostumbrado a ver todos los días en la televisión, esa tan lejana que ocurre a otras personas, en otros lugares... sino la que ahora mismo acaba de rozar su alrededor.

Ha descubierto además la otra cara de la violencia, la que nunca se menciona: la de quien mira y no hace nada. La de todos esos compañeros que se han acercado a ver el espectáculo pero han decidido no intervenir; la de los que, ante una pelea, solo saben sacar la cámara de su móvil para poder presumir después del momento; la de esos que ante un accidente prefieren hacer de todo menos ayudar; la de aquellos que ante una injusticia giran la cabeza hacia el otro lado, hacia donde no hay nada que ver.

Y tras descubrir esas dos caras de la violencia observa de nuevo el suelo para darse cuenta de que ahí no solo hay un bocadillo destrozado, hay muchas cosas más. En ese bocadillo está el mundo —su mundo— entero: está el llegar tan tarde de su padre cada noche cansado de trabajar; está también el madrugar de una madre que tiene que limpiar casas ajenas para que al final de mes el sueldo llegue; en ese bocadillo están algunas de las excursiones que no ha podido hacer, las zapatillas de moda que no ha podido comprarse, el viaje al parque de atracciones al que no ha podido ir, todas las películas que no ha visto en el cine… Ahí, en el suelo, está parte de su vida, está el esfuerzo de toda una familia para salir adelante.

Ahí, en ese trozo de pan con atún.

Y es quizá eso lo que hace que alguien que nunca ha utilizado la violencia quiera convertirse ahora en Hulk. Que se llene de rabia y odio. Que tenga ganas de atacar, de golpear, de destrozar a su enemigo. Que note que la sangre comienza a arañarle por dentro, como si un torrente de cristales le atravesara todo el cuerpo.

El problema es que no sabe cómo expulsar esa violencia al exterior, cómo sacar el fuego que le está quemando por dentro… Y eso, el no saber purgar la venganza, tiene consecuencias sobre su propio cuerpo.

Como una infección que no encuentra salida, su piel comienza a enrojecerse, varias venas de su cara se hinchan, sus manos —de tanto apretarlas— cada vez están más moradas…

Él, aunque no se ve, sí es capaz de sentir todos esos cambios en su interior, y por eso cree que, de alguna forma se está convirtiendo en Hulk.

El problema es que desde fuera… desde fuera la realidad es otra.

* * *

La cara de un niño al que le acaban de tirar un trozo de vida al suelo comienza a ponerse roja: las orejas, las mejillas, incluso la nariz… todo su rostro se enrojece. Comienzan también a picarle las manos, y los dedos, y la parte superior de las piernas… y a sentir un calor que parece querer incendiarle el cuerpo. Él no lo sabe pero eso es lo que ocurre cuando la rabia quiere salir del cuerpo pero la mente no le deja.

Y ese espectáculo, el de un chico que almacena violencia pero no sabe cómo liberarla, genera las risas de su enemigo y de todo el público que le observa.

—Mirad, mirad, se está poniendo como un tomate, comienza a reírse. ¡Mirad, mirad, un supertomate! —grita MM en medio del patio.

Y esos gritos consiguen que cada vez más alumnos se arremolinen alrededor de un chico que comienza a sudar, a temblar de miedo y rabia, que podría en ese mismo momento tirarse en contra de MM y pegarle en la cara, en los ojos, y empujarlo contra el suelo, y ahí darle patadas hasta hacerle sangrar… pero que al darse cuenta de que no es capaz de hacer nada, sale corriendo de allí, hacia los baños, dejando atrás una estela de risas.

Entra, se mira en el espejo y no se reconoce.

Sabe que cuando se pone nervioso, cuando tiene miedo, su cuerpo reacciona así: poniéndose rojo, pero nunca le había afectado tanto como ahora.

Se lava la cara varias veces, se mete en un váter, se sienta e intenta tranquilizarse.

Le gustaría quedarse allí un tiempo, unas horas, unos días… pero sabe que tendrá que salir, no al patio, sino al mundo.

* * *

A partir de aquel día comenzaron a llegarme al móvil imágenes con mi cara en forma de tomate, convertido en un Hulk rojo, o con el cuerpo tan hinchado que parecía un monstruo. El problema es que no podía controlarlo, las imágenes iban de móvil a móvil sin que yo pudiera hacer nada.

Durante los siguientes días también empecé a encontrarme cosas en la cartera: un día un dibujo con mi cara en forma de globo, otro día una foto de Hulk, otro un tomate podrido que me manchó la mochila y todos los libros.

Aquel fue el primer día en el que comencé a mentirles a mis padres, les dije que me había hecho un bocadillo con tomate y se me había salido en la cartera y lo había manchado todo…

A veces entraba en clase por la mañana y me daba cuenta de que muchos compañeros me miraban y se reían. Al principio no sabía por qué pero poco a poco averigüé que eso significaba que había circulado por ahí alguna broma sobre mí, algún vídeo, alguna foto…

Lo que menos entendía es que la mayoría de los que se reían de mí ni me conocían, no habían estado allí el día en que me puse rojo. Se reían porque sí, por seguirle la corriente al grupo.

Y en el recreo... lo de quitarme el bocadillo se convirtió en una costumbre, era el espectáculo del día, siempre había gente esperando el momento en que MM se acercara a mí para humillarme.

Él lo hacía para ver si me volvía a poner tan rojo como el primer día. Por eso cada vez me atacaba con más fuerza, me insultaba durante más tiempo, intentaba que hubiera mucha gente alrededor para que pudieran ver cómo se burlaba de mí... e insistía e insistía hasta que llegaba el momento en el que yo ya no podía más y otra vez volvía a ponerme rojo. Y otra vez las risas, y los vídeos, y las cosas en mi mochila...

A veces me quitaba el almuerzo y lo tiraba al suelo, pero otras veces, si le gustaba, se lo comía...

Cada vez que lo hacía pensaba también en mis padres, en todo lo que trabajaban. Cómo se quedarían si se enteraban de que su hijo era tan cobarde: que no era capaz de defenderse, que dejaba que otro chico le quitara cada día el bocadillo, me avergonzaba, me avergonzaba tanto.

Así que empecé a hacerme cada día los bocadillos más pequeños, con menos cosas dentro.

—¿Pero por qué dejas que te lo quite? —me preguntaba Kiri, me preguntaba otra amiga suya, me preguntaban algunos de mis compañeros.

«¿Y por qué no me ayudáis?», pensaba yo.

—Mejor no hacer nada, igual así se le pasa —decía Zaro, que intentaba no meterse demasiado.

—Bueno, da igual, mientras se conforme con eso... —les contestaba.

—Pero cada día querrá más, y más, mientras no le plantes cara seguirá así, y cuando se canse de quitarte el almuerzo querrá otra cosa —me decía Kiri.

Al final llegó un momento en que ya no me importaba que me empujara, que me insultara, que me quitara el bocadillo… en realidad lo que más me dolía es que Kiri siempre estaba allí cuando todo eso ocurría.

Por eso, por ella, por mis padres, por mí, por la rabia que no sabía cómo sacar pensé en un plan para acabar con aquello. Un plan quizá desproporcionado, sí, porque las consecuencias podían ser fatales, pero no me importaba, creo que cuando el odio se mete tanto en tu cuerpo la mente ya no es capaz de pensar de una forma lógica.

No lo hará más, me decía a mí mismo cada vez que él me quitaba el almuerzo. No lo harás más, le decía con mi mirada mientras intentaba recordar dónde guardaba mi madre el veneno para ratas.

* * *

La mañana en que decidí hacerlo esperé a quedarme solo en casa. En cuanto se fueron mis padres busqué en la despensa, abajo, donde mi madre tiene todo lo de fregar, los desinfectantes, el amoniaco… y al final lo encontré: veneno para ratas.

Abrí el pan, cogí Nocilla, la mezclé con el veneno y restregué la mezcla en el pan. Lo envolví y lo metí en la mochila.

Aquel día salí más feliz de casa. Me encontré con Zaro y sonreí, me encontré con Kiri y sonreí como hacía tiempo que no sonreía, y mientras iba hacia el instituto no pensé en las consecuencias que podía tener aquello.

Puede que se lo comiera y no pasara nada, o que le diera una indigestión, o a saber qué… También pensé en que había otras opciones: que se diera cuenta de que no sabía bien y que la tomara conmigo por haber intentado engañarle. Y en ese caso que me obligara a comérmelo yo. Aunque también estaba la opción de que simplemente no lo quisiera y lo tirara al suelo.

Pensé en muchas opciones pero no en la que ocurrió, esa nunca se me habría pasado por la cabeza.

* * *

Y entre pelotas de papel en la espalda, risas, miradas y mensajes al móvil que ya apenas leía, sonó el timbre del recreo.

Salí con mi bocadillo en la mano, nervioso, con ganas de que viniera. Me esperé, comencé a abrirlo lentamente.

—¿Qué tiene el Señor Tomate para desayunar hoy? —Así es como me llamaba desde que pasó aquello el primer día—. A ver si me gusta…

Y como siempre, me quitó el bocadillo de las manos.

—Ummm, Nocilla, hoy sí que me gusta, dile a tu mamá que muchas gracias —me dijo mientras se reía, mientras se reían todos los que le rodeaban, que cada vez eran más.

Comenzó a abrirlo para darle el primer bocado. Y en ese momento, cuando ya tenía parte del bocadillo en su boca, ocurrió algo que no estaba entre todas mis opciones, algo que yo no controlé.

No fui yo, lo juro, no fui yo quien lo hizo, fue mi mente la que movió todo mi cuerpo sin que yo se lo ordenara. Conciencia creo que se llama.

* * *

Quizá una de las características más increíbles de un superhéroe es que, en plena lucha contra el mal, incluso habiendo vencido ya a su enemigo, hará lo imposible por salvarlo.

Por eso el chico que ha puesto el veneno en el bocadillo, ante la sorpresa de todos, se abalanza sobre MM y de un empujón lo tira, y ambos caen junto a un bocadillo que se abre al tocar el suelo.

Durante unos instantes se hace el silencio, ese que viene tras la sorpresa, tras una reacción que nadie espera, tras el despertar de un héroe…

Y dentro de una situación extraña en la que se acaban de intercambiar los papeles de los protagonistas, quizá lo más curioso es que todo el valor que nuestro héroe nunca ha tenido para defenderse a sí mismo de su villano lo ha tenido ahora para salvarle la vida justamente a él.

Pero la sorpresa inicial pasa.

Y MM se levanta.

Y unos cuantos móviles quedan a la espera.

¿Qué pasará con ese Superman que de pronto ha vuelto a ser Clark Kent? ¿Con ese héroe momentáneo que, al darse cuenta de lo que ha hecho, vuelve a ser el chico anónimo de siempre? ¿Qué pasará con ese villano que tras un momento de incertidumbre vuelve a estar al mando?

MM mira alrededor: un público que, móvil en mano, clama venganza. Se dirige con la furia dibujada en su rostro hacia él. Le coge el cuello con una mano, con la intención de darle un puñetazo en la cara con la otra, porque no puede dejar un ataque así sin respuesta, porque no puede defraudar a la audiencia.

Ya tiene el puño preparado para atacar cuando una profesora grita mientras llega corriendo.

—¿Qué está pasando aquí? —pregunta separando a los dos chicos.

—Nada —responde uno.

—Nada —responde el otro.

Y así, con la batalla aplazada, finaliza una venganza que podría haber acabado muy mal, pues lo que ambos no saben es que había demasiado veneno en aquel bocadillo.

MM vuelve a clase rabioso, pensando en cómo vengarse de lo ocurrido.

El chico tomate vuelve a clase temblando. Recuerda una frase de una de sus películas preferidas de Batman: «O mueres como un héroe, o vives lo suficiente para verte convertido en el villano». Sabe que es un héroe porque ha salvado una vida, pero sabe también que es un villano porque ha estado a punto de acabar con esa misma vida.

* * *

A partir de aquel día en el que le salvé la vida las cosas fueron a peor: cada vez más empujones por los pasillos, más zancadillas al entrar o salir de clase, más cosas que me metían en la cartera... pero todo lo hacían de una forma tan disimulada que nadie parecía ver nada.

En clase ya me había acostumbrado a que me tiraran de todo en la espalda: al principio solo eran papeles, gomas de borrar, trozos de tiza, escupitajos... pero después fueron tirándome cosas que ya hacían más daño: lápices, bolis, sacapuntas de esos de metal, algún día alguna pequeña piedra... el problema es que yo nunca hacía nada, nunca me rebelaba.

Lo que más le gustaba a MM era hacerme daño delante de gente, para que todos se rieran de mí, para sentirse importante, con poder.

A veces pensaba que me merecía todo lo que me estaba pasando, por ser tan cobarde, por no hacerle frente.

Yo pensaba que si no hacía nada, que si no le plantaba cara, al final se cansaría de mí y me dejaría en paz. Pero eso no sirvió de nada, sino todo lo contrario.

Recuerdo que al principio todo pasaba dentro del instituto: en clase, en los pasillos, en el recreo... nunca me habían hecho nada fuera, en la calle, por eso el día que ocurrió me pilló por sorpresa.

Aquel día aún volvía de clase con Zaro y Kiri. Me despedí primero de ella con un adiós, sin casi mirarnos. Me despedí a los pocos minutos también de Zaro.

La vuelta a casa la hacíamos casi siempre en silencio, nunca hablábamos de lo que me estaba pasando, creo que ellos no se atrevían a sacar el tema por si me hacían daño, por si me sentía mal, y yo prefería no decir nada, como si al no hablar de algo ese algo no existiera. Ya me dolía bastante tener que sufrirlo para después tener que hablar de ello.

Aquel día, en la esquina del supermercado, Zaro se fue hacia su casa y yo hacia la mía, por el parque. Allí fue donde me sorprendieron.

Salieron de detrás de un árbol y me rodearon. No me dio tiempo a reaccionar, me quedé quieto. De pronto me tenían allí, indefenso. Creo que ellos mismos se sorprendieron de lo fácil que había sido cazarme.

MM se colocó delante de mí y comenzó a reírse, a insultarme, a empujarme mientras otro grababa con el móvil. Un empujón, dos, tres, cuatro… hasta que caí al suelo. Me quitaron la mochila y la vaciaron, y risas, y más risas, y nada más. Demasiada gente alrededor.

—Aún tenemos que ajustar cuentas por lo del bocadillo —me dijo MM mientras se marchaban riendo.

* * *

En medio de un parque un chico se arrodilla para recoger todo lo que le han tirado al suelo: los libros, el estuche, la carpeta, la autoestima…

Vuelve a colocarse la mochila y mira alrededor deseando que nadie le haya visto, pues le duele más la vergüenza que los golpes. Pero sí que hay testigos, muchos han pasado cerca cuando todo ocurría pero ninguno se ha acercado a ayudarle, nadie le ha preguntado cómo está, todos han mirado hacia un chico al que le estaban robando la autoestima pero nadie ha hecho nada.

«Y mañana otra vez», piensa.

Camina arrastrándose hasta que llega a la altura de su casa, pero en lugar de entrar, gira a la izquierda, continúa dos calles más arriba, pasa una pequeña plaza y atraviesa un callejón que acaba en un pequeño muro.

Mira alrededor para ver si hay alguien: nadie.

Salta y se dirige a su refugio, a su rincón secreto, un lugar que conoce desde hace años pero que últimamente visita más que nunca.

Deja la cartera en el suelo y se sienta, a solas, intentando adaptar la vista en esa zona más oscura.

Lleva ya varias tardes yendo allí, desde que ocurrió lo del examen. Es el único lugar en el que puede encontrar un poco de paz. Y sobre todo, el único lugar donde puede desahogarse. Allí puede llorar y gritar todo lo que quiera, allí puede sacar toda la rabia que lleva dentro. Eso sí, tiene que hacerlo en el momento justo. Mira el reloj y aún quedan diez minutos. Coge una tiza y comienza a escribir una lista muy especial en la pared. Una lista que cada vez será más grande o más pequeña, y de eso dependerá todo, incluso su vida.

Espera a que llegue la hora adecuada.

Mira el reloj: quedan ya solo dos minutos.

Deja la tiza en el suelo, se da la vuelta y camina unos metros.

Y durante diez interminables segundos grita todo lo fuerte que puede, hasta que la garganta le quema. Grita hasta que ya no puede más, hasta que se queda sin aire.

Respira hondo, vuelve lentamente a su pared y se sienta junto a su cartera, ya se encuentra mejor. Sabe que necesita desahogarse de alguna manera para que el cuerpo no explote, para que todo lo invisible que lleva dentro salga de alguna forma.

Coge la mochila, se la pone, salta de nuevo el muro e inicia el regreso a casa. Si llega antes que sus padres no dirá dónde ha estado, si llega después tendrá que inventarse alguna mentira: la biblioteca, con Zaro estudiando, en el parque…

Y ese día, al volver a casa, ese chico cenará con su familia y disimulará todo lo que le está ocurriendo.

Antes de irse a dormir le dará un beso a su madre, otro a su padre y un abrazo a su hermana. Una hermana que, como casi siempre, se acostará junto a él, a la espera de un cuento, de alguna historia, o simplemente para dormir acompañada.

Será allí, en la cama, cuando él le contará a su hermana las aventuras de un chico que sueña con tener superpoderes pero que aún no los ha encontrado; será allí, en la intimidad de la noche, cuando le cuente su día a día disfrazado de aventuras y emociones.

Y después, cuando ella ya duerma, será él mismo quien la lleve a su pequeña cama para quedarse de nuevo a solas en una habitación que cada vez huele más a tristeza.

Se acostará y pensará en todo lo ocurrido durante el día. Sabe que los gritos solo son un alivio momentáneo, que lo peor siempre viene por la noche, cuando, con la casa en silencio, comienza a salir todo el ruido de su cuerpo. Será cuando meta la cabeza bajo la almohada —que hace de silenciador del sufrimiento— y comience a llorar todo lo que lleva dentro.

Después vendrá, como cada día, la rabia, los puñetazos al colchón, el clavarse las uñas en sus propios brazos, el atragantarse con su propia saliva al llorar... Hasta que, abatido, comenzará a pensar en que mañana tiene un examen de literatura, un examen para el que no ha estudiado nada.

Mira los libros desde la cama, están en el escritorio, a tres metros, pero no tiene la fuerza suficiente para levantarse a cogerlos.

* * *

Al día siguiente me desperté asustado: las 7.03, tenía poco más de una hora para coger el libro y estudiar algo. Lo abrí y comencé a leer todo lo rápido que pude los temas que entraban.

Estuve estudiando hasta que se fueron mis padres, entonces me vestí rápido y salí de casa sin desayunar.

Llegué al instituto y no ocurrió nada, nadie se metió conmigo.

Y llegó también el examen, y entre que no había podido estudiar y que no tenía ganas de contestar nada, lo dejé casi sin hacer.

Aquel viernes llegué a casa y nada más cerrar la puerta me sentí un poco feliz: me quedaban dos días en los que no iba a ir al instituto, dos días para hacer lo mismo que había estado haciendo durante las últimas semanas: decir que tenía mucho que estudiar y no estudiar absolutamente nada.

Últimamente solo me dedicaba a leer cómics, uno tras otro, día tras día, horas y horas leyendo cómics. Mi gran deseo era convertirme en un superhéroe, conseguir algún poder para acabar con MM.

Pensé que todo superhéroe tiene su villano y a mí me había tocado luchar contra él. El gran problema es que pelear era algo que no se me daba nada bien y aún no había encontrado un poder con el que poder vencerle.

Lo que en ese momento no sabía es que quedaba muy poco para conseguir que el miedo lo tuvieran ellos, eso ocurrió la semana siguiente.

Bueno, de momento era viernes, me quedaba todo el fin de semana para ser feliz. Eso sí, si desconectaba el móvil, si no entraba en las redes sociales, si no miraba el e-mail, si no hablaba con nadie, si me aislaba de todos…

* * *

En un pequeño piso en las afueras de la ciudad una profesora se ha puesto a corregir ya los exámenes que acaba de hacer esa misma mañana. Tiene un compromiso el domingo y quiere adelantar todo lo posible para llevar las notas el lunes.

Son las once de la noche de un viernes y ya lleva veinte exámenes, y más de cinco cafés. Se levanta de la silla, da una vuelta por la casa, mira el móvil y vuelve a sentarse. Toma un trago de café y coge el siguiente examen.

Pero cuando apenas lleva dos minutos leyéndolo se da cuenta de que ocurre algo extraño, hay algo que no encaja. Reconoce la letra pero no el contenido, reconoce los trazos, las formas tan características de las s, la escritura tan apretada pero a la vez tan legible... pero no reconoce nada de lo que pone, porque pone muy poco y eso no es normal.

Después de corregir el primer ejercicio gira de nuevo el folio para mirar el nombre: «¿Qué está pasando?», se pregunta.

Continúa corrigiendo pero todo va a peor.

Finalmente le pone la nota: un cuatro, suspenso.

Y esa palabra: suspenso, cae como una losa sobre su cabeza y, lo peor de todo, sobre sus recuerdos. Porque ese suspenso comienza a despertar el dragón que hasta ese momento permanecía dormido en su espalda. Nota un escalofrío que le atraviesa el cuerpo desde las nalgas hasta el cuello. Se estremece.

Se quita las gafas y se levanta asustada: sabe que el dragón se despierta muy pocas veces, pero si lo hace, después tarda mucho en dormirse, demasiado.

Se dirige hacia el baño, se quita la camisa, se quita también el sujetador y se da la vuelta.

Ahí está: con los ojos abiertos, mirándola, escupiendo cicatrices de fuego que ahora mismo comienzan a quemarle la nuca.

Cierra los ojos.

Silencio.

Se da la vuelta y sale así, medio desnuda, al comedor. Coge el examen.

—¿Lo hago? —le pregunta al dragón.

—Sí —le contesta.

—¿Y si lo descubren?

—No lo descubrirán.

—¿Y si lo hacen?

—Entonces, asume las consecuencias —le responde el dragón.

Y lo hace.

Y parece que el dragón se tranquiliza.

Va de nuevo al baño y allí se pone el pijama asumiendo que, ahora que se ha despertado, el dragón va a intentar hacer lo de siempre: asumir el control.

Y eso le da miedo.

* * *

EL CHICO AVISPA

El lunes pasó algo muy raro.

La profesora trajo ya los exámenes corregidos y comenzó a decir las notas. Yo no tenía ganas de saberla porque iba a ser la primera vez que suspendiera un examen. Pero también pensé que eso podría ayudarme, igual si suspendía el examen los monstruos me dejarían en paz.

La profesora fue diciendo las notas y casi al final llegó la mía.

—Un nueve y medio —dijo la profesora.

«¡Un nueve y medio!», imposible, pensé. Pero si solo había contestado bien cuatro o cinco preguntas de diez. No podía haber sacado un nueve y medio…

Estuve toda la mañana pensando en eso, en lo extraño de esa nota. Algo había pasado.

Cuando acabamos las clases me fui hacia casa a solas con Kiri, pues los lunes Zaro tenía fútbol y venía su padre a recogerlo.

Los lunes eran los días en que Kiri y yo teníamos tiempo para hablar a solas. Tenía claro que si algún día quería pedirle salir, sería un lunes.

Kiri y yo siempre aprovechábamos los lunes para hablar de

mil cosas, para reír, para tocarnos de alguna forma que no comprometiera a nada más: un roce en la mano, en el hombro, una sonrisa más larga de lo normal… pero últimamente ya casi no hablábamos, casi siempre volvíamos a casa en silencio. Ella mirando su móvil y yo mirando el suelo.

Aquel lunes llegamos a la esquina del descampado y sin levantar la vista del móvil me dijo adiós y se fue hacia su portal. Y aquello me dolió tanto. No me importaban las patadas que me dieran, los empujones, los escupitajos en mi espalda… hasta ese momento nada me dolía tanto como cuando nos despedíamos como si fuéramos desconocidos.

Me quedé allí. Quieto. Mirando cómo se marchaba, con la esperanza de que antes de entrar en su casa se diera la vuelta para mirarme.

No lo hizo.

* * *

Y una chica que hace como que mira algo en un móvil apagado se acerca al portal de su casa sabiendo que él la está observando. En ese momento le gustaría tener el valor suficiente para girarse y correr hacia él.

Y le abrazaría tan fuerte... y le besaría tan fuerte...

Y le diría todo lo que su corazón siente...

Pero no sabe cómo hacerlo. Se queda durante unos instantes observando la cerradura de la puerta, suspira, introduce las llaves lentamente... si él supiera la de veces que lo mira a escondidas.

Está a punto de girar la cabeza, sabe que solo necesita eso, un pequeño impulso y que después todo su cuerpo seguiría al corazón: sus piernas comenzarían a andar, a correr... hasta que sus brazos se abrieran para atrapar un cuerpo que se encuentra náufrago fuera del mar.

Pero no se atreve. Su cabeza no se gira, y su corazón se esconde, y la niña al completo se avergüenza.

Abre la puerta, y entra en casa despacio, casi sin entrar, guardándose en el bolsillo todas las palabras que no ha dicho. No sospecha lo que va a pasar a continuación.

* * *

Después de quedarme allí, mirando cómo desaparecía en el portal de su casa… me giré para cruzar la calle y fue en ese momento cuando los vi. Allí estaban ellos, dos en una esquina y MM en la esquina contraria, esperando a que ella se fuera para que no hubiera testigos.

Miré a ambos lados: no había forma de escapar, me cogerían saliera hacia el lado que saliera. Pensé en el descampado que estaba detrás de mí. Era grande, muy grande. Kiri, Zaro y yo habíamos jugado tantas veces allí de pequeños… hasta que un día lo vallaron. Pero después, con los años, habían ido apareciendo varios agujeros, tanto en la valla que yo tenía ahora mismo a mi espalda, como en la otra, en la que daba a la calle opuesta. Podía entrar por aquí, correr a través del descampado y salir por la otra parte.

Apenas lo pensé un segundo: me di la vuelta y busqué uno de tantos agujeros de la valla y me metí dentro del descampado.

Y corrí, corrí todo lo que pude entre la chatarra abandonada y la maleza que crecía por todos lados. Corrí hacia la otra parte del descampado, pero allí me encontré algo que no me esperaba.

¡Habían quitado la valla y habían puesto un muro!

¿Cuánto tiempo hacía que no entrábamos allí? Por lo menos dos años. ¡Habían puesto un muro!

Me escondí tras unos matojos altos que había junto al muro, en una esquina. Sabía que me acababa de meter en mi propia trampa. Si me encontraban allí, nadie podría verme, podrían hacerme lo que quisieran y nadie vería nada.

Mi única opción era quedarme quieto y esperar que no me encontraran.

Asomé la cabeza y vi que ya estaban fuera, justo frente al agujero por el que yo había entrado.

* * *

Y entraron.

Desde donde yo estaba podía verlos, ya habían entrado en el descampado para buscarme.

Mientras estaba allí escondido no sé por qué me imaginé a MM de mayor, ¿cómo sería, qué haría? Me lo imaginé pegando a más gente: quizá a su novia, quizá a su mujer cuando se casara, o a sus hijos, pegándoles desde pequeños cada vez que hicieran algo que a él no le gustase.

Quizá en el futuro sería de esas personas que aparecen en las noticias por haber matado a su mujer y a sus hijos. Pensé en ese momento en Betty, la que ahora era su novia, pensé también en todas las chicas de clase que se morían por él, solo porque era guapo, y alto, y fuerte... aun sabiendo que le gustaba tanto golpear, empujar, mandar.

Estaba pensando en todo eso cuando un ruido me hizo volver a la realidad: se acercaban a mí. Sabía que al final iban a descubrirme, pues el descampado no era tan grande y ya se habían dado cuenta de que en esta parte había un muro.

Comencé a buscar a mi alrededor algo con lo que defenderme: una piedra, un palo, cualquier cosa me hubiera servido, pero no había nada, absolutamente nada… hasta que escuché un ruido que lo cambió todo.

* * *

Un zumbido a mi alrededor, y otro, y otro… miré justo encima de mí y allí estaba: un avispero. Mi imaginación, el miedo y los cómics tuvieron la culpa de lo que pasó a partir de ese momento.

El agujero desde el que entraban y salían avispas era lo suficientemente grande para poder meter la mano. Fue entonces cuando se me ocurrió la idea: si Spiderman había conseguido tener superpoderes porque le picó una araña, quizá podría ocurrirme lo mismo a mí si me picaba una avispa. Quizá yo también podría tener poderes… y podría volar, moverme tan rápido como un insecto, inyectar mi veneno en otros… Me imaginé también con un aguijón gigante en el culo, con una fuerza sobrehumana que me permitiera aplastar a esos monstruos que venían a por mí.

Nunca me había picado una avispa pero pensé que sería como la picadura de un mosquito, quizá un poco más fuerte pero nada más.

Sabía que enseguida me encontrarían, que tenía que darme prisa… y, sin pensármelo más, me levanté y metí la mano en el avispero.

* * *

La primera picadura llega nada más introducir la mano, es como si le hubieran clavado una aguja ardiendo. Al instante viene la segunda, y la tercera, y a partir de ahí ya pierde la cuenta.

Saca la mano lo más rápido que puede pero las avispas salen tras él y comienzan a ocupar su mano, su brazo, rodean su cabeza...

Él solo siente dolor, un dolor que se ha repartido al instante por todo el cuerpo pero que mantiene su intensidad en la mano derecha, una mano que ha dejado ya de sentir.

Corre de un lado para otro, gritando, sin saber qué hacer para que todo acabe.

Todos esos gritos le descubren ante sus monstruos. Unos monstruos que están paralizados observando el espectáculo. No intervienen, no hacen nada, solo miran.

Un espectáculo que de pronto se les viene encima, porque un chico que ya no sabe qué hacer para eliminar el dolor, abre los ojos y los ve allí, frente a él. Y es en ese momento cuando, por pura rabia, sale corriendo hacia ellos con la intención de golpearles con su mano derecha todo lo fuerte que pueda, a ver si eso al menos puede aliviar su propio dolor.

Es entonces cuando ellos salen huyendo de allí por el mismo agujero de la valla por el que entraron. Y el chico avispa les sigue, se agacha, atraviesa la valla y cae en la acera. Y ya no se levanta, pero antes de perder el conocimiento aún le da tiempo a ver algo, algo que formará parte de su lista, de esa que esconde en su rincón secreto.

* * *

Estuve un día en el hospital, en observación, mientras mi cuerpo comenzaba a deshincharse. Era una sensación rara, mi piel parecía cartón, movía los dedos de una mano que parecía estar llena de pegamento. El ataque había sido tan fuerte que llegué a escuchar cómo el doctor le decía a mi madre que por poco no lo cuento. Prácticamente todo mi cuerpo se había hinchado.

Cuando me miré por primera vez al espejo me di cuenta de que sin quererlo me había convertido en una especie de Hulk.

Los médicos me explicaron que en realidad no habían sido tantas picaduras, al final solo encontraron cinco, el problema es que yo soy alérgico a las avispas y que por eso me había puesto así.

Bueno, eso es lo que me dijo el médico, pero yo sabía que no había sido la alergia lo que me había convertido en una especie de superniño. Lo que había pasado es que de alguna forma ese veneno había modificado mi ADN y, seguramente, a partir de aquel momento mi cuerpo comenzaría a sufrir transformaciones, a tener superpoderes, y así fue, lo que pasa es que tardaron bastante en aparecer.

Cuando mis padres me preguntaron cómo me lo había hecho, me inventé una historia que ni siquiera yo me creía, me había acercado al descampado a buscar algo, metí la mano donde no debía y… Les he mentido tanto a mis padres últimamente…

Iba a estar unos cuantos días sin ver a los monstruos, y eso me hizo feliz. Lo que en ese momento no sospeché es que iban a ser los monstruos los que vendrían a visitarme a mí, que se iban a meter en mi casa, en mi habitación, en mi cama.

* * *

Lo que el niño avispa no supo en aquel momento es que mientras él iba de aquí para allá gritando de dolor, uno de los monstruos se dedicaba a grabarlo todo con su móvil.

Lo que el niño avispa no supo en aquel momento es que mientras él iba en una ambulancia hacia el hospital ese vídeo ya volaba como un virus de móvil a móvil: WhatsApp, Facebook, Instagram, YouTube…

Miles de personas estaban viendo a un chico cubierto de avispas que corría de aquí para allá, intentando quitárselas de encima. Un vídeo que no se puede censurar, pues nadie ha hecho nada, no se ha cometido ningún delito, solo se ve el sufrimiento cómico del momento.

Un vídeo que no solo hace reír a los compañeros del futuro chico invisible sino a muchos padres que también lo ven en casa —con sus hijos— y no pueden dejar escapar una sonrisa al ver a ese niño corriendo sin control…

Es curioso que nadie se pregunte —ni niños ni adultos— por qué durante el minuto que dura el vídeo nadie sale en su ayuda; que nadie vea extraño el hecho de que hay al menos una persona que podría ayudarle, la misma que sostiene la cámara… es curioso y triste que haya tantos monstruos en esta sociedad, los que hacen y los que miran, los que ríen y los que graban el vídeo…

Un vídeo que segundo a segundo va recorriendo toda una red de móviles… hasta que llega a un móvil muy especial.

* * *

Un móvil que tiembla sobre una mano repleta de pulseras de alguien que no ríe, sino todo lo contrario. Que llora de rabia, de impotencia, que se sumerge en ese tipo de dolor que se te queda dentro cuando han hecho daño a quien quieres.

Ella sí sabe qué ha ocurrido, ella sí sabe dónde está grabado ese vídeo y sobre todo, ella sí sabe cuándo pasó todo…

¿Por qué no se dio la vuelta?

¿Por qué no volvió junto a él?

Son tantos los porqués que se analizan cuando algo ya ha ocurrido. Cómo duele hacerse preguntas cuando las respuestas llegan tarde.

No sabe qué hacer para ayudarle, no sabe qué hacer para decirle lo que realmente siente… se pasa la tarde pensando en ello hasta que se le ocurre una idea.

* * *

Vuelta a clase

Después de casi una semana en casa llegó el día en que tuve que volver. Intenté retrasarlo todo lo que pude a base de mentiras: me quejaba mucho más de lo que me dolía, fingía marearme cuando me levantaba de la cama... pero al final aquello solo consiguió que me empezaran a hacer preguntas incómodas, al final volví a clase.

Eso sí, lo hice por sorpresa, no se lo dije ni a Zaro, ni a Kiri, fui yo solo hasta el instituto. Aquel primer día salí antes de lo normal de casa y fui por unas calles distintas a las de siempre, no pasé por el parque y tampoco pasé por el descampado. Cuando ya estaba a unos cincuenta metros del instituto me quedé escondido en la puerta de un garaje. Desde allí podía ver a todos sin ser visto.

Escuché el timbre y esperé a que los alumnos entraran. Cuando ya casi no quedaba nadie, comencé a correr y entré justo antes de que cerraran las verjas. Creo que nunca había corrido tan rápido en mi vida, seguro que aquello era por las picaduras de las avispas.

Una vez dentro corrí también por el pasillo y me quedé en una esquina, entre dos taquillas, esperando a que el profesor entrara en clase. En cuanto lo hizo salí corriendo de nuevo y justo antes de que cerrara la puerta entré yo también.

Al vernos entrar casi juntos, la clase se quedó en silencio, parecía que habían visto un fantasma.

Me senté y miré a Kiri. Ella me sonrió.

Durante aquel primer día no ocurrió nada especial: no me lanzaron nada a la espalda, no me quitaron el bocadillo, nadie me empujó... Cada vez que me ocurría algo fuerte, durante los tres o cuatro días siguientes todos me dejaban en paz.

* * *

Un chico de nueve dedos y medio se ha asustado al ver entrar al profesor junto al chico avispa. Por un momento ha pensado lo peor, que lo ha contado todo, que vienen a por él, pero no, no ha ocurrido nada. Se ha aliviado al ver que la avispa se sentaba en su sitio y que el profesor comenzaba la clase.

Aun así ha decidido no hacer nada, no sabe si le ha contado algo a sus padres, a algún profesor o a la directora… no sabe tampoco si en el hospital le han preguntado lo ocurrido, si el vídeo ha llegado a ojos de alguien que no debía…

Esa es su táctica: atacar y esperar a ver las consecuencias, y si no las hay, pues seguir atacando más fuerte. Y así, ¿hasta cuándo? Ni siquiera él mismo lo sabe.

De hecho, a veces ni siquiera sabe por qué lo hace: para que los demás se fijen en él, para mantener el estatus de ser el más fuerte, para compensar lo mal que se siente por dentro cuando piensa que ha repetido curso, para ocultar la envidia que siente del chico avispa…

A veces, en la soledad de su habitación, se imagina sacando las mejores notas, descubriendo algo importante, inventando algo que le haga famoso… y cuanto más alto llega su imaginación más le duele la caída a la realidad, cuando al aterrizar en su cama sabe que tiene dos años más que todos sus compañeros.

Y es ahí, en ese punto, cuando varios sentimientos se le agolpan sobre un cerebro que no puede controlar: la ira, el odio, la envidia, la rabia…

Es entre ese huracán de sensaciones cuando se hace las preguntas que nunca desearía hacerse: ¿por qué nadie le da un beso en casa? ¿Por qué su madre hace todo lo que él le dice sin rechistar? ¿Por qué nadie le pregunta cómo se siente al tener solo nueve dedos y medio? ¿Por qué sus padres siempre que en verano va sin camisa por la casa son incapaces de mirar hacia esa cicatriz que lleva en el pecho, sobre el corazón?… y, sobre todo, ¿por qué su padre nunca nunca habla con él de lo que ocurrió hace unos años?

Eso es lo que más le duele, lo que más daño hace a un cuerpo que, en realidad, por dentro sigue siendo un niño. A veces odia a su padre por lo que ocurrió, pero otras veces no, otras veces solo lo odia por cómo han seguido las cosas después. Por qué se distanció tanto de él, por qué nunca se sientan a hablar, por qué no se lo lleva de viaje, o van al cine, o a un concierto, o se van a comer juntos… los dos solos, y hablan, y sacan lo que los dos llevan dentro…

Lo que nuestro chico de nueve dedos y medio no sabe es que si su padre trabaja tantas y tantas horas al día no solo es para ganar dinero, sino para no tener que enfrentarse a la realidad. Si nunca habla con él, si no se van juntos a ningún sitio… es porque tampoco sabe cómo afrontar lo que ocurrió. La única salida que ha visto es trabajar todo lo posible para traer a casa todo el dinero posible para que su hijo tenga todas las cosas posibles… excepto aquellas que no se pueden comprar con dinero, claro… los momentos.

El problema es que son justamente esos momentos que no tiene los que hacen que el chico golpee la cama, y la almohada y todo lo que encuentra a su paso… a veces hasta a él mismo.

* * *

Pasó otro día sin que me hicieran nada, y otro más… pero a partir del tercero ya empezó todo otra vez. Una zancadilla nada más entrar en clase que me hizo caer al suelo ante la risa o el silencio de los demás —las dos cosas me dolían igual—. Otro día un empujón en los pasillos, un golpe justo al volver del recreo, la cartera vacía con todo lo que llevaba dentro en el suelo…

Mi esperanza era que el veneno de aquellas avispas hiciera su efecto y me diera algún poder con el que conseguir vencer a mis enemigos. Superfuerza, supervelocidad, supervisión, superoído, superalgo… pero de momento lo único que pasaba es que no pasaba nada y cada vez MM y sus amigos eran más violentos conmigo.

Por ejemplo, en clase, al principio solo me lanzaban trozos de tiza, gomas o papeles a la espalda, pero poco a poco iban tirándome cosas más grandes, su objetivo era conseguir que gritase. Yo intentaba evitarlo, intentaba aguantar el dolor como podía, pero había veces en que me era imposible. Como aquella vez que me tiraron un sacapuntas de esos de metal, lo lanzaron con tanta fuerza que parecía que me habían clavado una navaja, o como otro día que me tiraron una piedra tan fuerte que la costra de la herida me duró muchos días. Pero hasta entonces nunca se había enterado el profesor, hasta que ocurrió, fue en clase de inglés.

Acabábamos de empezar y de pronto noté el impacto de una pelota de papel en la espalda.

Y risas de todos los otros monstruos, y silencios.

Después otra. Y más risas, y también silencios.

Después algo más duro, un trozo de tiza, casi a la altura del cuello, eso ya dolió un poco más.

Y risas. Y varios trozos más de tiza, muchos.

Y a los pocos minutos…

—¡Ayyy! —grité, y grité mucho.

Me acababan de tirar algo tan fuerte que por un momento pensé que había sido un dardo, me hizo tanto daño que me imaginaba que aún lo llevaba clavado.

—¿Qué pasa por ahí? —preguntó el profesor.

Pero nadie dijo nada. Silencio.

Y siguió escribiendo en la pizarra.

Vi que a mi lado, en el suelo, había un boli metálico; supuse que era lo que me había golpeado la espalda.

Y creo que ahí, justo en ese momento, fue la primera vez que sentí el veneno de las avispas, pues ocurrió algo que yo no controlé.

Me agaché lentamente, cogí el boli, me di la vuelta y lo lancé con toda la fuerza que pude contra MM.

Algo había cambiado en mí, me había atrevido a plantarle cara y eso no lo había hecho yo, eso lo habían hecho las avispas.

El problema es que MM esquivó el boli y este le pegó a la chica que está sentada detrás de él, a Betty, su novia.

—Ay, ay, ay —comenzó a gritar de una forma exagerada.

El profesor paró la clase y se acercó a nosotros.

Betty no dudó en decirle que yo le había tirado un boli.

En realidad le había dado en el hombro y no le había hecho daño, aunque tampoco había sido mi intención.

El profesor hizo lo que siempre hacía.

—Bueno, ya vale —dijo mientras volvía a escribir en la pizarra.

Me senté de nuevo en la silla con rabia en todo mi cuerpo, apreté mis puños e intenté calmarme. Y supe que en ese momento me estaba poniendo rojo otra vez.

—¡Tomate, tomate! —se escuchó desde el fondo, y risas de todos los monstruos que había en la clase.

—¡Supertomate! —Otra vez, y más risas.

La clase continuó así hasta que a los pocos minutos Kiri levantó la mano.

—Dime Kiri, ¿qué ocurre? —preguntó el profesor.

—Tiene sangre en la espalda.

—¿Quién, quién tiene sangre en la espalda? —dijo el profesor alterado mientras se acercaba a Kiri.

—Él —dijo.

Y ese él era yo.

* * *

El profesor me dijo que fuera a la enfermería, pero no fui, no quería que nadie me viera la espalda. En el hospital, cuando me atacaron las avispas, estuvieron a punto de descubrirlo, menos mal que tenía todo el cuerpo hinchado y se centraron mucho en la mano y el brazo.

Por eso, en cuanto salí de clase me fui al baño e intenté curarme yo solo.

Abrí la puerta, entré, me quité la camisa, me di la vuelta e hice algo que intentaba evitar desde hacía ya muchos días: verme la espalda en el espejo.

Empecé a llorar.

* * *

Un chico de nueve dedos y medio se ha quedado mudo cuando al chico avispa lo han mandado a la enfermería. No sabe lo que le van a preguntar y no sabe lo que él va a decir. Está asustado, como cada vez que piensa que pueden delatarle.

Solo busca una excusa para atacarle más, cuando sabe que en el fondo no tiene nada contra él, no le ha hecho nada, pero necesita la debilidad de alguien para demostrar su fuerza, al igual que el fuego necesita continuar quemando bosque para no desaparecer.

Eso y ver que los demás le ríen las gracias, que algunos incluso lo animan; ver que tiene el respaldo del resto de la clase, destacar delante de los demás.

Sabe también que, de alguna forma, está protegido en el instituto. Los profesores no dicen nada, la directora nunca le ha llamado y en las salidas y entradas al instituto ningún padre ve nada, cada uno va a la suya, con sus hijos.

Aun así dejará pasar unos días antes de volver a atacar, pues nunca se sabe si ese idiota ha dicho algo.

Eso sí, tarde o temprano tendrá que vengar lo que le ha hecho. Se ha atrevido a tirarle un boli, a él, delante de todos los demás, y eso es algo que no puede permitir. Además, le ha dado a Betty, y eso tampoco puede aguantarlo, el único que puede pegar a su novia es él.

Ahora solo tiene que encontrar un momento en el que no haya nadie para darle su merecido, va a vigilarlo en todo momento y en cuanto lo atrape a solas…

* * *

Es el espejo el único testigo de lo que está ocurriendo; el único que no miente, que no disimula, que le muestra la realidad aunque le duela: una constelación de pequeños puntos negros sobre una espalda que hace de cielo blanco. Puntos que brillan ahora aunque se formaron hace tiempo. Algunos de ellos con el pasar de los días desaparecerán, pero otros le dejarán pequeñas marcas para siempre, y no solo en el cuerpo.

Y ahora, al mirar las estrellas que hay en el cosmos de su espalda, descubre un nuevo planeta, de un color rojo sangre, que destaca en la inmensidad de la impotencia.

No sabe aún qué hará cuando llegue el verano, cuando todas esas marcas sean visibles, cuando alguien le pregunte cómo han crecido tantos agujeros negros en una constelación tan joven…

* * *

Acabaron las clases y volvimos a casa Kiri, Zaro y yo.

Durante los primeros minutos solo hubo silencio, pero al rato fue Kiri la que habló.

—¿Pero por qué no dices nada? ¿Por qué no has dicho nada hoy?

—Déjalo —le contesté.

—¡No, no quiero dejarlo! —me gritó—. ¿Por qué eres así?

—¿Así cómo?

—Así tan... —Y noté que no era capaz de decir la palabra.

—¿Tan cobarde? —le contesté.

—¡Sí! —me gritó.

—¡Déjame en paz! —le grité yo a ella—. ¡Dejadme en paz los dos! Iros a la mierda.

Y allí saqué la violencia que no era capaz de sacar contra MM. Me separé de ellos y me fui por otra dirección a mi casa.

Aquello me dolió, me dolió mucho más que la herida de la espalda, que los golpes que me daban en los pasillos, que las zancadillas de clase, que los escupitajos que me tiraban en la espalda en clase... Me dolió tanto que Kiri pensara eso de mí... aunque fuera verdad.

Llegué a casa y aproveché que mis padres aún no estaban

para curarme yo mismo. Busqué el alcohol y una gasa para desinfectar la herida. Escondí mi camiseta entre la ropa sucia para que nadie sospechara nada y miré la hora. Aún era pronto.

Salí de casa en dirección a mi rincón preferido, al único lugar donde nadie me molestaba. Tenía que sacar toda la tristeza que llevaba dentro de alguna forma.

En cuanto llegué miré el reloj: quedaban quince minutos aún. Cogí la tiza que tenía escondida y comencé a escribir nombres sobre la lista hasta que pasaron unos cuantos minutos.

Al rato caminé unos pasos, me coloqué en el lugar de siempre y me preparé. 10, 9, 8, 7… Y comencé a gritar, a gritar, a gritar todo lo que pude. Y cuando acabé me sentí tan bien, me había quedado vacío de odio, de rencor, de rabia.

Aquel día volví a casa tarde, mis padres ya estaban allí y les dije que me había quedado en la biblioteca mirando unos libros. Lo que no comenté es lo que me había pasado en la espalda.

Tampoco lo comenté cuando mi hermana se subió a caballito encima de mí. Tampoco dije nada cuando cenamos ni cuando me preguntaron qué tal me había ido el día.

Aquella noche, cuando Luna vino a mi cama, le conté el cuento de «El niño que tenía un universo en la espalda».

* * *

Al día siguiente, cuando desperté tenía diez nuevos mensajes en el móvil, los diez eran iguales:

Intentaste darme con el boli y ademas le iciste daño a mi novia. Esto te ba a costar caro.

MM cumplió su promesa, siempre lo hacía. No fue al día siguiente, ni al otro. Pero yo sabía que llegaría, solo esperaba que mis poderes llegaran antes que su venganza.

Pero no, llegó antes él.

Y lo peor de todo es que fue culpa mía porque cometí un error: fui solo al baño.

Desde que empecé a ir con miedo al instituto, desde que empezaron a insultarme, a pegarme, a tirarme la cartera al suelo, a escupirme... decidí seguir una serie de reglas para que no me hicieran más daño del necesario.

Una de ellas era intentar ser menos listo, sacar menos nota en los exámenes, no levantar la mano en clase cuando el profesor preguntaba algo que yo sabía; otra era no llevar nunca nada de valor al colegio; y la más importante de todas: no ir solo nunca a ningún sitio, y mucho menos al baño. Para cumplir esta última era muy importante mear justo antes de salir de casa y no beber nada, absolutamente nada, durante todo el día, aunque me muriera de sed, aunque tuviera la boca tan seca que se me pegara la lengua, lo importante era no quedarme nunca solo en el baño.

Aun así, había veces en las que no podía controlar mi cuerpo. Si me pasaba eso, lo que hacía era esperar a que alguien entrara en el baño y yo me metía también.

Pero aquel día hacía calor, mucho más de lo normal, y había bebido. También es verdad que MM llevaba unos días sin hacerme nada y yo ya me había confiado. Además, para complicarlo todo, ese día me había puesto fruta para el almuerzo, vamos, que se juntó todo. Esperé y esperé hasta que sonó el timbre del recreo y vi cómo MM y sus amigos iban hacia clase. Aproveché ese momento y fui corriendo al baño, me estaba meando encima.

Abrí la puerta de los baños, abrí la puerta de un habitáculo y me bajé los pantalones lo más rápido que pude. Y comencé a mear.

Pero cuando ya estaba acabando oí que se abría la puerta, y silencio. Y unos pasos que se quedaron dentro.

Aquel día descubrí dos cosas, que los monstruos existen y que los superpoderes también.

* * *

Comencé a temblar, me subí los pantalones lo más rápido que pude y me quedé en silencio. Sabía que el tiempo iba a mi favor, cuanto más rato estuviera allí más posibilidades de que el profesor nos echara de menos y viniera a buscarnos, no pensaba abrir.

Pero de pronto golpearon la puerta.

—¡Vamos, sal, que sabemos que estás ahí!

Me quedé en silencio.

—¡Venga, tomate, sal, que tenemos pendiente aún lo del boli! ¡Venga, sal!

Yo seguía temblando, no salí, no quería salir.

—Parece que te gusta mucho estar en el váter, pero al final vas a tener que salir, por las buenas o por las malas.

Silencio.

Ya no hablaban, solo se oían susurros, y de pronto un golpe seco contra una puerta que tembló, un sonido que también me hizo temblar a mí. Aquello iba en serio: la patada había sido tan fuerte que había movido el pestillo de sitio.

Desde dentro yo sabía que aquella puerta no aguantaría

más de dos o tres golpes así. Después vino otra patada, y otra más y otra aún más fuerte, tanto que el pestillo saltó y la puerta se abrió hacia dentro pegándome en las piernas.

—¿Ya has acabado? —me preguntó MM mientras miraba hacia la taza—. Sí, sí que ha acabado, pero mirad, no ha tirado la cadena y eso no se puede hacer, habrá que darle una lección para que aprenda.

Lo que vino después prefiero no contarlo, solo os diré que allí descubrí uno de los superpoderes que me habían dado las avispas.

* * *

Y mientras tres niños juegan contra otro en el baño, la clase —con cuatro sillas vacías— ya ha comenzado.

—¿Y los que faltan? —pregunta el profesor.

Nadie contesta, aunque en realidad todos imaginan lo que puede estar ocurriendo.

—Bueno, así que faltan cuatro alumnos y nadie sabe nada, pues vale… vamos a empezar.

Es Zaro el que en ese momento está a punto de pedir permiso para ir al baño. Pero al instante se pone a pensar en qué va a hacer si llega a los baños y ve a MM pegando a su amigo. Nada, eso es lo que hará, nada, porque él también tiene miedo, mucho miedo de que todo lo que le está ocurriendo a su amigo le pueda ocurrir después a él. Y entre la amistad y el miedo, en esta ocasión puede lo segundo.

El profesor olvida las cuatro ausencias y sigue su explicación. En su asignatura, historia, no han cambiado demasiado las cosas, así que continúa con los mismos apuntes con los que empezó hace veinte años. Los coge, los lee y escribe alguna cosa en la pizarra.

Piensa también en los alumnos que faltan, los conoce y sabe que tres de ellos son amigos, pero el otro… En fin, continúa escribiendo, ya le queda muy poco para jubilarse y no es momento para andarse con líos.

Y así pasan los minutos hasta que de pronto llaman a la puerta y entran tres alumnos.

—¿Dónde estabais? —les pregunta el profesor.

—En el baño —contestan.

—¿Todos a la vez?

—Sí, claro.

—¿Y el que falta?

—Creo que se ha atascado en el váter —dice MM sin ocultar la sonrisa—, igual hay algo que le ha sentado mal.

Y en cuanto el profesor se da la vuelta para escribir algo en la pizarra, MM mira al resto de la clase y ve que alguno le devuelve la sonrisa. Esa es la verdadera gasolina de su vida, lo único que le hace funcionar en el día a día.

* * *

Y quizá todo lo que está ocurriendo en aquella clase no se diferencie demasiado de lo que pasa en el resto del mundo. Porque allí, al igual que en el exterior, entre todos los compañeros del chico avispa, hay tantos monstruos como víctimas.

Hay, por ejemplo, un chico rubio, sentado en la tercera fila, que prefiere reírse y ser monstruo, a protestar y convertirse en víctima. Hay otro al que le ocurre lo mismo, no le sigue el juego pero hace lo posible por mantenerse al margen. Y así, uno a uno, todos ellos tienen sus razones para ser monstruos, la principal es no transformarse en víctimas.

Todos saben distinguir entre el bien y el mal, entre las bromas y el maltrato, entre el juego y el acoso... pero ninguno sabe cómo pararlo sin hacerse daño.

Y es ahí, en ese ambiente de miedo, donde crecen personas como MM. Ahí es donde él puede ejercer todo su poder, sabe que mientras haya más monstruos todo irá bien, el verdadero problema vendrá el día en el que la masa no le siga la corriente, pero eso no pasará.

Y mientras todo eso ocurre, una chica con cien pulseras está a punto de pedir permiso para ir al baño. Su corazón quiere levantar la mano pero su mente no le deja, es una lucha interna entre lo sensato y lo que siente.

Lo que dirán los demás, algo tan importante en esas edades en las que todo se exagera tanto, en esa edad en la que la cosa más tonta es analizada por el grupo, por la masa. Esa es una de las razones por las que nunca ha dado un paso adelante para estar con el chico tomate.

Y es que, cada día, en cada clase, siempre que él no se da cuenta, le mira, le observa desde la distancia, suspira en cada movimiento, sufre con él cada ataque, siente cada vergüenza como si fuera suya. Y es que estando a su lado, tan cerca, le echa tanto de menos.

«Es de idiotas que mis acciones dependan tanto de la opinión de los demás...», piensa mientras acaba un dibujo en el que hay una pistola apuntando a dos iniciales, MM, así es como día a día libera su odio.

Y de pronto, mientras su mano está ocupada dibujando una bala que va directa a la primera M, su cuerpo se levanta. No ha sido su mente, de eso está segura, ha sido su corazón que, en un despiste de la primera, ha actuado por su cuenta.

Y allí se queda, en medio de la clase, como el mono que no ha obedecido la fila, como la oveja negra que ha decidido salirse del rebaño, como la sirena que se quedó varada cuando bajo la marea... Visible, más visible que nunca.

—¿Sí, Kiri? —pregunta el profesor.

—¿Puedo ir al baño?

—¿Ahora?

—Sí, ahora, cosas de chicas... —le dice mientras consigue sacar la sonrisa de varios de sus compañeros.

—Venga, rápido.

Y Kiri sale de la clase.

* * *

Aquel día, mientras me lavaba la cara e intentaba secarme el pelo con el aparato de las manos del cuarto de baño descubrí uno de mis grandes poderes: el de respirar bajo el agua durante mucho tiempo. Sabía que era uno de los efectos de las picaduras de las avispas. Yo nunca habría aguantado todo aquello de no haber tenido un superpoder por dentro. Sabía que lo ocurrido me había hecho más fuerte, que ya no era el mismo, que algo en mí había cambiado.

Estuve más de media hora secándome el pelo y la camiseta, aunque no fui capaz de eliminar del todo ese olor a meado.

Mientras mantenía la ropa bajo el secador me di cuenta de que nadie había venido a buscarme, ni siquiera el profesor, nadie.

Si en ese momento hubiera tenido un superpoder lo habría utilizado contra todos, si hubiera tenido un rayo de fuego lo habría disparado contra MM pero también contra todos los que les reían sus gracias, contra todos mis compañeros, contra los profesores, contra todos los monstruos que miraban y no hacían nada.

Y allí estaba, intentando secarme toda la vergüenza de encima, cuando entró ella.

* * *

Y en el interior de ese baño se tropieza el amor con la vergüenza, las ganas de abrazar contra las de salir corriendo, la tristeza de quien mira y la humillación de quien es protagonista.

Porque hay momentos en la vida capaces de detener el entorno de un solo golpe. Instantes que, por mucho tiempo que pase, nos dará la impresión de que ocurrieron ahí, justo al doblar la esquina de los recuerdos.

Y es ahora cuando un servidor prefiere dejar el resto de la hoja en blanco, pues temo ser incapaz de encontrar las palabras para definir lo que ambos sintieron en el instante en que sus miradas se encontraron.

* * *

Esa misma mañana, mientras un chico ha huido del baño para esconderse en algún lugar del instituto, una profesora se acerca a la sala de la directora.

—¿Puedo pasar? —pregunta mientras abre lentamente la puerta.

—Sí, sí, claro, adelante —le contesta la directora.

—Verás… es que quería comentarte un tema, un tema un poco delicado…

—Dime, dime…

—Creo que hay un alumno que puede estar sufriendo acoso… —le dice.

La directora deja el boli que sostiene en la mano, se recuesta sobre su butaca y la mira con cara extrañada.

—¿Aquí? No, no creo.

—Sí, sí, aquí… —le contesta de forma tímida—. He estado observando el comportamiento de un alumno y algo raro le está ocurriendo. Creo que hay otros tres que le están haciendo la vida imposible.

—¿Y desde cuándo ocurre eso?

—No sé desde cuándo, quizá hace unas semanas, quizá desde hace más.

—¿Pero qué pruebas tienes? —le pregunta la directora mientras se mueve nerviosa en su asiento.

—Bueno, en realidad muchas, hace ya un tiempo que se meten con él en el patio, que le quitan el almuerzo, que le tiran cosas en clase… además, ha bajado mucho su rendimiento escolar.

—Bueno —contesta aliviada la directora—, quizá no hay que darle más importancia, quizá solo son cosas de críos…

Y son justamente esas tres palabras «cosas de críos» las que hacen que el dragón se mueva. Un dragón que no es capaz de olvidar lo que ocurrió hace ya muchos años sobre la espalda de quien ahora mismo vive. También entonces eran cosas de críos, hasta que esas cosas de críos se van de las manos y todo acaba mal.

—No, no son cosas de niños —contesta la profesora mientras intenta aguantar el dolor que le produce el dragón al moverse.

—Seguro que sí, seguro que solo son tonterías. De todas formas, no te preocupes, ya me encargo yo del tema.

—Pero… ¿ya está, nada más?

—¿Qué más quieres? Ya te he dicho que lo miraré, aunque seguro que solo son tonterías, los chicos siempre discuten y al final se arreglan ellos solos.

Un dolor recorre la espalda de la profesora: es el dragón que quiere salir, que quiere volar y tragarse la cabeza de la directora.

«Respira hondo, contrólalo, contrólalo», se dice a sí misma… Sabe que ahora no tiene más pruebas, que no puede hacer nada más ante una directora a la que lo único que le importa es el prestigio del centro. Un caso de acoso sería una mancha en el instituto, lo suficiente para que algunos padres comenzaran a hacer preguntas, y el dinero es el dinero. Por eso hay cosas que es mejor taparlas.

Profesora y dragón salen del despacho en dirección al baño, la primera con la espalda totalmente rígida, el segundo inquieto, sin parar de moverse.

—¿Qué vas a hacer? —le pregunta el dragón.

—Algo, aún no sé qué, pero algo…

—Eso espero.

—Sí… —contesta de nuevo ella mientras recuerda todo lo que ocurrió hace muchos años, en su instituto, cuando una broma salió mal, muy mal. Cosas de niños que siguen ahí, dibujadas en su espalda.

* * *

Después de ver a Kiri allí, mirándome con esos ojos que le temblaban tanto como a mí, salí corriendo al pasillo. Busqué un lugar donde esconderme. No quería volver a entrar en el aula. Me esperaría hasta que acabaran las clases, y después, cuando ya casi todos se hubiesen ido, entraría por la mochila y me iría de aquel maldito sitio.

Sonó el timbre y desde mi escondite vi como todos se marchaban a casa, sonriendo, jugando entre ellos, haciéndose bromas… todos menos yo.

Esperé a que se despejara todo, fui a mi clase y allí solo estaba mi mochila, con un tirante roto, en el suelo, abierta. Seguro que me habían vuelto a meter algo en ella. La cerré, la cogí con una mano y salí lentamente, ya no quedaba nadie por allí.

Al salir por el pasillo comencé a fijarme en todo lo que había en las paredes: murales repletos de símbolos de paz, de concordia, de amor en el mundo. Pósteres llamando a la solidaridad entre las personas, a la colaboración para construir un mundo mejor… Había hasta un árbol de los deseos en el que cada alumno había colgado un mensaje cuando se inició el curso: que se acaben las guerras, que no haya más violencia, que todos los seres humanos seamos iguales…

Aquel día, en cuanto llegué a casa me duché, vacié la mochila en la cama, y sí, allí había algo para mí.

Cogí las llaves y me fui a mi rincón preferido, a ese lugar donde nunca me molestaba nadie.

Una vez allí escribí varias líneas más en mi lista. Aproveché también para pegar varios papeles en el muro, para eso utilizaba una cola especial, de esa de paredes, de la que no se despega.

Aquel día tenía muchas ganas de gritar, muchas más que el resto de los días.

Miré el reloj, ¡dos minutos!

Me coloqué en el sitio y desde allí esperé el momento.

Grité y grité y grité hasta que mi cuerpo ya no pudo gritar más.

Después de lo del baño pasaron dos o tres días sin que ocurriera nada. Después de cada ataque siempre había una calma que duraba un tiempo, el suficiente para que MM averiguara si había o no consecuencias.

Y así ocurrió una vez más.

A la semana siguiente el miedo ya se les había pasado. Se dieron cuenta de que no le había contado a nadie lo de la herida en la espalda, ni lo del váter, y comenzaron otra vez los empujones, los insultos, las zancadillas… y a mí cada vez me importaba menos, por eso, cada vez tenían que hacerlo más fuerte.

* * *

Hace ya muchas semanas que la vida de un chico ha cambiado demasiado: ya no recuerda la última vez que se levantó de la cama sin miedo, que caminó por la calle sin mirar continuamente a todos lados, la última vez que tuvo una conversación con algún compañero...

Ahora, en cuanto suena el timbre que indica el final de las clases, coge la mochila e intenta salir lo antes posible de allí. Atraviesa corriendo el patio sin que nadie observe nada extraño en ese comportamiento: ni los profesores, ni la directora, ni los demás compañeros, ni siquiera los familiares de otros alumnos con los que, en ocasiones, tropieza en cuanto se abre la puerta exterior del instituto.

Y cada día corre, y corre, y corre... con la esperanza de llegar cuanto antes a casa, cerrar la puerta y dejar los miedos fuera durante unas horas.

No tiene tanta prisa, en cambio, al despertar por las mañanas. En ese momento siempre busca alguna excusa para no tener que ir a clase, pero ninguna le funciona. Busca también, entre sus cómics, algún poder que le sirva para detener el tiempo, para que no amanezca o para que el domingo nunca pase.

Piensa también, muchas veces, en la opción de quedarse en

casa y no ir al instituto, pero eso no arreglaría nada, al día siguiente llamarían a sus padres y tendría que contestar demasiadas preguntas.

Y cada día sabe que, al llegar al instituto, comenzarán los insultos, los empujones, las risas... actos que casi siempre ocurrirán con gente delante.

Sabe también que, en cuanto se siente en clase, empezarán a tirarle objetos a la espalda. Hace tiempo que ya ni siquiera intenta esquivarlos, pues tiene la espalda tan llena de costras que apenas siente nada. Se imagina que, como las tortugas ninja, le ha crecido un caparazón capaz de repeler cualquier golpe.

Piensa muchas veces, mientras está abstraído en clase, en los superhéroes que aparecen en las aventuras de sus cómics. Se da cuenta de que cuando alguno está a punto de morir siempre viene alguien a ayudarle. Los cuatro fantásticos forman un equipo; los X-men se apoyan entre ellos; hay una liga de la justicia a quien llamar cuando uno de sus integrantes está en peligro; incluso Batman tiene a Robin, pero y él, ¿a quién tiene él?

Lo que el futuro chico invisible aún no sabe es que su Robin está a punto de llegar, lo hará justo al día siguiente.

* * *

Ya solo quedaba una clase aquel día, cuarenta y cinco minutos más y podría irme a casa.

Entró la profesora de literatura y, como siempre, nos dijo que abriéramos el libro que estábamos trabajando. Empezó a escribir unas frases en la pizarra cuando me tiraron el primer trozo de tiza: me dio arriba de la espalda, casi en la nuca y cayó al suelo.

La profesora se dio la vuelta y creo que le dio tiempo a ver cómo la tiza rodaba por el suelo. Se quedó mirándola, se dio la vuelta otra vez y siguió escribiendo.

Y otra vez me tiraron otra tiza. Esta la esquivé y dio en el respaldo del compañero de delante. La profesora se giró otra vez y se quedó mirando fijamente al suelo. Fue muy raro porque estuvo mucho tiempo así, quieta, sin decir nada, sin hacer nada.

Y otra vez se giró, y se puso a escribir.

La clase siguió sin que pasara nada durante un rato hasta que MM volvió a tirarme tres tizas más: una me dio en el centro de la espalda, la otra en un lado y la última pude esquivarla. Y al momento escuché que se estaba preparando para escupirme. Me puse nervioso, no sabía qué hacer para esquivarlo, no sabía cuándo me lo tiraría. Tardó un rato, supongo que lo mantenía en la boca hasta ver el momento perfecto para hacerlo.

Y llegó, y me pegó en la espalda, al lado del hombro, no me dio tiempo a apartarme.

En ese momento la profesora dejó de escribir, se acurrucó un poco sobre sí misma y se llevó las manos a la nuca, como si de pronto se estuviera muriendo de dolor.

Y allí, delante de todos, pasó algo que ninguno de nosotros había visto nunca en el instituto.

* * *

Hoy, desde que ha comenzado la clase, el dragón ha permanecido despierto, observando todo lo que ocurría detrás de la profesora. Ha visto la primera tiza, y la segunda..., y las otras tizas... pero es justo en el momento en que la saliva ha tocado al chico avispa cuando se ha movido.

Y eso duele en la espalda de una profesora que lleva ya muchos días —desde que cambió la nota del examen— observando lo que ocurre en los pasillos, en el recreo, en el aula...

Hasta ahora, en cada una de esas ocasiones ha podido mantener controlado al dragón, ha sido capaz de calmarlo; ha ganado la parte lógica, la suya, la que le ha llevado a comentar el tema con sus compañeros...

Lo malo es que nadie ha hecho nada: la directora prefiere ir dejando pasar el tiempo a ver si así el problema desaparece solo; el profesor de inglés no ha visto nada; el de historia se va a jubilar pronto... al final lo más importante es mantener la buena fama del centro.

Además, tampoco tiene demasiadas pruebas: un examen suspendido que al final no suspendió, unos empujones que nadie ha notado, unos insultos que nadie ha oído, unos objetos que golpean sobre su espalda que nadie en clase ha visto...

Por eso, porque está fallando la parte lógica —la pacífica—, cada vez le está resultando más difícil controlar a un dragón que últimamente siempre está inquieto.

Y es ahora, cuando imagina cómo se debe sentir un chico al que le acaban de escupir en la espalda, cuando por fin se rinde y deja que el animal actúe.

Por eso endereza su cuerpo, deja la tiza lentamente en la pizarra y se baja de la tarima atravesando una clase que se ha sumergido en silencio, en dirección al chico avispa.

Le mira la espalda: una camisa negra con varios puntos blancos, uno por cada impacto de tiza que hay en la misma. Y en un lado, una mancha amarilla, aún con espuma, una señal de la humillación de un ser humano a otro, una señal que consigue que el dragón domine totalmente la situación.

Es el dragón el que coge a MM del cuello con las dos manos y lo levanta en el aire. Y así, casi volando, lo saca de clase. Cierra la puerta de un solo golpe, violento.

* * *

Es ahora, en la soledad de un pasillo sin testigos, cuando se va a librar una batalla. No entre la profesora y MM, sino entre el dragón y ella misma. Ambos saben que su futuro en el instituto depende de quién gane en ese momento.

El dragón le dice que lo arrincone contra la pared y allí le apriete el cuello hasta que no pueda respirar, que le escupa fuego en la cara, que le arañe hasta que no le quede piel en el cuerpo…

Ella sabe que ahora mismo podría hacerlo, incluso le duele pensar que querría hacerlo… y aun así intenta calmar la venganza que lleva tatuada en la espalda.

—¿Qué vas a hacer? —le pregunta el dragón.

—¡No lo sé, no lo sé! —grita.

—Bueno, voy a cambiar la pregunta entonces —le dice un dragón que ahora mismo se mueve libre, subiendo y bajando por las cicatrices que decoran su espalda—. ¿Qué quieres hacer?

—Ya lo sabes, ya sabes lo que quiero hacer —le dice ella aguantando las lágrimas.

—Pues hazlo, ahógalo, acaba con él aquí mismo.

—No puedo, me gustaría hacerlo, pero no puedo… —le contesta una profesora que se revuelve del dolor, que le quema la espalda como hace años no le quemaba.

—Ahógalo —le escupe con furia el dragón.

—¡No, no puedo!

—¡¿Por qué? ¿Por qué no puedes?! Tú no tuviste esta oportunidad hace años. ¿Cuántas veces te has preguntado por qué nadie hizo nada, por qué nadie lo paró a tiempo? Si alguien hubiera intervenido hoy no tendrías esas cicatrices en la espalda. ¿Quieres que le pase lo mismo a ese chico?

—¡No! ¡Claro que no quiero! —dice ella con rabia mientras aprieta con más fuerza el cuello de un chico que está contra la pared, paralizado de miedo.

—Pues entonces hazlo, acaba con el problema.

—Lo siento… no puedo —dice mientras suelta el cuello de MM.

—¡¿Por qué?! ¡¿Por qué no puedes?! —le grita un dragón que se revuelve en su espalda, que pega latigazos con la cola en sus cicatrices.

—¡Porque yo no estoy hecha de odio, no soy como tú! —le grita mientras se lleva las manos a la cara y comienza a llorar.

—De momento… —le susurra un dragón que se vuelve a colocar en su lugar, que cierra la boca y los ojos.

La profesora no sabe qué hacer ahora mismo con un crío que está temblando en la pared.

* * *

MM acaba de recibir el ataque más extraño de su vida. Durante unos instantes ha sentido el peor miedo, no el que acompaña a la violencia, sino el que nace de la locura.

Sabe que podría haberla atacado, que podría haberse defendido, pero había algo en sus ojos que lo ha dejado paralizado. Al verlos de cerca, al tenerlos a unos milímetros de los suyos, se ha dado cuenta de que se parecían más a los de un gato que a los de una persona.

Se ha quedado paralizado observando cómo la profesora hablaba con ella misma, cómo discutía qué hacer con él hasta que al final lo ha soltado.

Durante unos instantes, cuando se ha calmado todo, se ha quedado allí, contra la pared, temblando, sin saber qué hacer.

—Vamos, acompáñame a dirección —le ha dicho ella.

Y ambos se han dirigido hacia el despacho.

Sabe que su padre lo arreglará todo, porque tiene dinero y al final todo se arregla con dinero, al menos eso le han enseñado en casa.

En una casa en la que apenas hay cariño, ni abrazos, ni besos, ni elogios, ni palabras de ánimo… pero en la que sí que hay dinero y todas las comodidades que eso conlleva.

¿Quién quiere un abrazo cuando puedo llevar la ropa más cara? ¿Quién quiere un beso cuando puede comprarse todo lo que quiera? ¿Quién necesita esas tonterías?, se pregunta un chico que recuerda que no siempre fue así, que antes de que ocurriera lo del dedo todo era distinto, mejor, mucho mejor.

* * *

Nunca habíamos visto algo así en el instituto. En cuanto la profesora se llevó a MM y cerró la puerta toda la clase se quedó en silencio. Durante unos minutos estuvimos mirándonos unos a otros sin decir nada.

MM y la profesora ya no volvieron a clase esa mañana.

Y a partir de aquel día, jamás nadie volvió a tirarme nada en la clase de literatura. Nunca.

Al final parece que va a ser cierto lo que dice mi padre, que hay veces que la violencia solo puede pararse con violencia, que los seres humanos somos así.

* * *

Los siguientes días hubo muchos rumores sobre lo que pasó en el pasillo entre MM y la profesora, pero claro, nadie sabía nada. Y aunque todos habíamos visto lo que pasó en clase nadie dijo nada, sabíamos que podían echar a la profesora, y la verdad es que a todos nos gustaban sus clases.

Después de aquello nadie se metió conmigo por lo menos durante una semana. Pensé que por fin se habían cansado, pero no, en cuanto a MM se le pasó el miedo volvió otra vez, pero ya no lo hacía tan directamente.

Empezó a amenazarme por el móvil, por el e-mail, por las redes sociales... consiguió también que me quitaran de todos los grupos de WhatsApp, había cambiado un poco su forma de atacarme: ya no me pegaba tanto —aunque sí algunas veces—, ya no me quitaba todos los días el almuerzo —solo algunos—, ni tampoco me tiraba tantas cosas en clase —aunque también, menos en literatura, claro—; lo que sí consiguió fue aislarme cada vez más de mis compañeros.

Ya nadie se acercaba a mí en el patio, ya nadie hacía trabajos conmigo, prácticamente en todo el día nadie me hablaba.

También estaba el tema de unos superpoderes que no llegaban, pensaba que el ataque de las avispas iba a cambiarlo todo, pero de momento no cambiaba nada.

De momento… porque a los pocos días por fin me pasó lo que había estado esperando tanto tiempo. ¡Por fin!

* * *

Uno de los días en los que volvía solo del instituto —bueno, la verdad es que ya todos los días volvía solo—, mientras iba caminando por el parque, escuché detrás de mí unas voces que enseguida reconocí: eran ellos.

Me di la vuelta y los vi, estaban a unos cien metros. Y como siempre que los veía, me puse a temblar, les tenía miedo. Y aunque lo normal hubiera sido salir corriendo, la verdad es que estaba ya tan cansado de huir que decidí quedarme sentado en un banco, me quedé allí esperándoles.

Me fijé en sus caras desde lejos y me di cuenta de que les había sorprendido, eso no se lo esperaban, supongo que ellos pensaban que les estaba plantando cara, cuando la verdad no era esa, la verdad es que no tenía ganas ni de escapar. Vi que poco a poco se iban acercando.

Cincuenta, cuarenta, treinta metros… —al menos eso calculaba yo— y en ese momento, cuando ya estaban tan cerca de mí que pude distinguir hasta la cara de rabia que ponían, cerré los ojos.

Apreté los párpados lo más fuerte que pude y deseé con todas mis fuerzas poder desaparecer de allí. Me agaché sobre mí mismo, puse la cabeza entre las piernas y me quedé esperando un golpe que nunca llegó.

Nada.

Silencio.

Tras unos segundos abrí los ojos y pasó algo increíble.

* * *

Ellos estaban pasando en ese mismo momento delante de mí, a unos diez metros de distancia, y miraban a todos lados menos hacia donde yo estaba. En aquel momento no entendí nada.

Pasaron de largo, como si no estuviera allí, era como si... ¡como si no pudieran verme!

Me miré las manos, los brazos, me miré los pies... yo sí me veía, claro, pero eso no significaba que los demás pudieran verme. Quizá el veneno había funcionado, quizá por fin había conseguido ser invisible.

Mientras se alejaban, de vez en cuando giraban la cabeza y miraban hacia donde yo estaba, pero no hacían nada, no venían, no me sacaban el dedo, no me gritaban... seguían sin verme.

En cuanto desaparecieron por una de las avenidas del parque me levanté de un salto y comencé a correr hacia mi casa.

¡No me habían visto! Por fin había encontrado mi superpoder, por fin todo lo mal que lo había pasado había servido para algo: ¡podía ser invisible! Ahora solo tenía que entrenar y entrenar para conseguir desaparecer siempre que quisiera, para poder controlar mi poder.

Llegué a casa, subí corriendo a la habitación y me tumbé en la cama. Aquel fue uno de los momentos más felices de mi vida.

Empecé a soñar en todo lo que podía hacer con aquel nuevo poder, en cómo iba a mejorar todo… Y mientras pensaba en todo eso me di cuenta de algo que iba a cambiar mi vida a partir de ese momento.

* * *

¿Y si esa no era la primera vez que me hacía invisible? ¿Y si durante los últimos días, las últimas semanas, sin yo saberlo, me había hecho invisible muchas otras veces?

—¡Claro! —grité. Eso lo explicaba todo, eso explicaba que la gente nunca me ayudara, que nadie viera nunca nada, que nadie hiciera nada por mí... claro, ¡es que era invisible!

Por eso, cada vez que yo salía corriendo y MM y sus amigos me perseguían por la calle, la gente solo les veía a ellos, seguramente solo verían a unos chicos que iban corriendo sin más por la calle, nada más, por eso nunca nadie me ayudaba.

Por eso, cuando después de las clases yo salía corriendo y me chocaba con los familiares, nadie decía nada, solo notaban el golpe de algo, se quedaban extrañados pero no hacían nada.

Por eso cuando me pegaban en los pasillos, cuando me quitaban el bocadillo en el recreo o cuando me tiraban al suelo ningún compañero me ayudaba, ningún profesor les castigaba... ¡claro! ¡Seguramente no podían verme!

Aquello lo explicaba todo: explicaba que nadie me ayudara nunca, la gente no podía ser tan mala, imposible, tenía que haber una razón por la que nadie viera nada de lo que me pasaba.

Y allí, sobre la cama, aquella tarde fui feliz, muy feliz.

* * *

Amanece sobre un chico que por fin tiene una razón capaz de explicar la parte oscura del ser humano: es invisible.

Por eso en casa nadie ha notado que en su cuerpo ya no hay ilusión, que su rostro solo dibuja sonrisas forzadas y que sus ojos casi siempre miran a ningún sitio. Por eso no se han fijado en que jamás se apoya en el respaldo de las sillas; ni se han dado cuenta, tampoco, de que cada vez sobra más pan porque los bocadillos cada día son más pequeños.

Fuera, en la calle, en la vida, nadie ve a un chico que sale despacio de casa y llega corriendo a ella, que cierra con fuerza la puerta para dejar al otro lado todos sus miedos; nadie ve a un chico que espera al último minuto —justo antes de que se cierre la verja exterior del instituto— para salir de detrás de un árbol o del interior de un garaje. Nadie se ha dado cuenta tampoco de las marcas de tiza que suelen aparecer a media mañana sobre su espalda.

No lo ve ningún padre, ningún alumno, no lo ve el conserje, ni siquiera el policía que da paso en el cruce que hay enfrente. Nadie ve al chico que entra el último al instituto y sale el primero.

Un chico que ha olvidado andar porque ya solo sabe correr: corre por los pasillos antes y después del recreo, entre las clases, por el patio al finalizar el día, por la calle en dirección a casa…

Un chico que ha conseguido, por fin, ser invisible.

Lo que él aún no sabe es que no ha sido mérito suyo, en realidad lo ha conseguido gracias a todos los demás, a todos los que le rodean.

* * *

Y mientras todo eso ocurre, una profesora ha visitado varias veces un despacho al que no tiene permiso para entrar. Lo ha hecho a escondidas, buscando algo que calme al dragón.

Tras hurgar en varios cajones, en armarios, incluso en el ordenador... por fin lo ha encontrado: un historial al que no debería tener acceso pero que al final ha visto.

Ha continuado mirando en distintas fuentes hasta que por fin ha averiguado cosas que no sabía: no sabía lo de su operación, no sabía que hubo un año en que prácticamente no fue al colegio y, por supuesto, no se había dado cuenta de que le faltaba medio dedo.

* * *

A la semana siguiente, ocurrió algo muy raro en la clase de literatura. La profesora entró en silencio, cogió una tiza y comenzó a escribir una palabra con las letras más grandes que habíamos visto nunca, una palabra que ocupaba toda la pizarra.

* * *

COBARDE

Se dio la vuelta, dejó la tiza y se quedó allí de pie, delante de todos nosotros.

—He pensado que, a partir de hoy, todos los días vamos a dedicar los primeros minutos de la clase a analizar una palabra. Empezaremos por esta: cobarde.

Todos estábamos sorprendidos, todos nos quedamos callados.

—Vamos a ver qué pone el diccionario. Aquí está, la primera acepción de *cobarde* es: «Persona sin valor ni espíritu para afrontar situaciones peligrosas o arriesgadas». Pero también hay otra: «Que perjudica o hace daño de forma encubierta por carecer de valor». Bueno, ¿alguien se atreve a hacer una frase con esta palabra? Venga, tú —le dijo a una chica que se sienta en la primera fila—, dime una frase.

—Pues… a ver… Fue un cobarde porque no se atrevió a subir a la montaña rusa.

—Bien, está bien, es una frase coherente con el significado de la palabra. ¿Y alguien sabe cuál es el antónimo de cobarde? ¿Todos sabéis lo que es un antónimo, no? —se oyeron risas—. Pues va, ¿quién me lo dice?

—Valiente —gritó uno de mis compañeros.

—Perfecto —contestó la profesora—. ¿Y alguna frase con la palabra valiente?

—Fue un valiente porque se subió a la montaña rusa —dijo otro y todos comenzaron a reír.

—Sí, ya, ya, siempre a lo fácil, verdad —le contestó—. Mirad, el lenguaje a veces es confuso y muchas veces no sabemos bien dónde está el límite entre dos palabras, por ejemplo entre valiente y cobarde. Por eso siempre es tan importante el contexto, todo depende del contexto.

»Por ejemplo, imaginemos que hay un guerrero alto, fuerte, que lleva toda la vida entrenando para pelear y que tiene la opción de acabar con un dragón que está atemorizando a un pueblo. Supongo que si lo hace, todos diríamos que es un valiente, ¿no?

Y se escuchó un sí generalizado en la clase.

—Pero imaginemos que a ese guerrero, al ver al dragón le entra miedo y sale huyendo de allí, eso sí, como tiene que demostrar su fuerza con alguien, decide pelear con un enemigo más débil, por ejemplo una ardilla.

En ese momento se escuchó un «oh» en la clase.

—¿Verdad que entonces ya no nos parecería tan valiente?

A esa pregunta no contestó nadie. Supongo que porque todos sabíamos ya quién era el guerrero.

—Mirad, el mundo está lleno de guerreros, el problema es que valientes hay muy pocos y en cambio cobardes hay por todos lados: en la calle, en el trabajo, en el instituto, incluso podríamos encontrarlos en esta misma clase —y después de decir eso la profesora cambió de tema—. Bueno, y ahora sigamos con el libro, ¿por qué página íbamos?

Todos abrimos el libro sin decir nada, aunque todos sabíamos quién era el guerrero cobarde, quien era la ardilla, y desde hacía unos días, también sabíamos quién era el dragón.

* * *

MM permanece en silencio, sabe que, aunque nadie se atreva a mirarle, ahora mismo todos están pensando en él, en el guerrero cobarde que ataca a la ardilla.

Mira con rabia la espalda de esa profesora que lo está dejando en ridículo delante de todos y se da cuenta de que hoy ella lleva una camisa abierta por detrás, una camisa que deja al descubierto la cabeza de un dragón que no para de observarle.

Se fija ahora en uno de los asientos de delante: la ardilla. ¿Así que cobarde? Cuando te coja ya veremos quién es el cobarde, se dice a sí mismo.

Lo del otro día en el parque salió mal, pero sabe que hay muchos más días, muchísimos, para volver a intentarlo, para hacer que esa ardilla se vuelva pequeña, invisible.

* * *

Kiri escucha con atención la historia mientras dibuja en su libreta la pelea entre un pequeño guerrero y una ardilla gigante que intenta comérselo. De momento solo es capaz de luchar contra MM así, a través de los dibujos.

En cada clase mira al chico avispa preguntándose dónde está todo lo que han perdido: por qué ya no quedan nunca, por qué ya no hablan, por qué no tienen contacto ni a través del móvil…

A veces mueve la boca en silencio, formando palabras en el aire con sus labios, imaginando que, de alguna forma, llegarán hasta ese chico que poco a poco va desapareciendo… si supieras lo que a escondidas te quiero.

Ya solo puede verlo en clase, cuando está en su silla, mirando hacia la nada, viviendo ausente. Después, cuando llega el recreo, cuando acaban las clases, le da la impresión de que su amigo se va apagando entre la gente.

Nadie le ve, nadie le mira tampoco, nadie se da cuenta de que hay una vida que se va difuminando lentamente.

Al menos ahora hay una persona que está intentando hacer algo, al menos esa profesora está haciendo lo que puede, pero ¿y ella? ¿Qué está haciendo ella? Esa es la pregunta que siempre la hace mirar hacia otro lado, la que consigue que todas sus pulseras se queden en silencio.

* * *

Aquella historia iba por mí, estaba claro quién era la ardilla y quién era el guerrero. Lo que no tenía yo tan claro es si aquello iba a ayudarme o no.

De todas formas ya no me preocupaba, yo ya tenía mi superpoder, ahora solo hacía falta mejorarlo. Cada día probaba y probaba, y cuanto más probaba mejor me salía: cada vez era capaz de ser invisible durante más tiempo y delante de más gente.

Lo del parque me volvió a pasar dos veces más. Pasó más o menos lo mismo que la primera vez: ellos vinieron a por mí y yo me quedé quieto. Cerré los ojos, me concentré y cuando los abrí habían pasado de largo.

En el instituto también iba mejorando todo, por ejemplo, en el recreo me acurrucaba en un rincón y conseguía desaparecer durante esa media hora.

Ya me había acostumbrado a andar por la calle sin tener que preocuparme por nada. En cuanto salía del instituto me metía en un garaje cercano, ahí me agachaba sobre mí mismo, me concentraba todo lo que podía y salía de allí siendo invisible. Nadie iba a molestarme hasta que llegase a casa.

Pero aun así a veces había fallos, no siempre salía todo

bien, por eso empecé a observar más detenidamente a mis compañeros, quería averiguar quién era capaz de verme y quién no. Yo sospechaba que algo extraño pasaba con mi poder, pues no era invisible para todos a la vez: había gente que podía verme y gente que no. Y eso es lo que tenía que averiguar, cuál era la razón por la que los que me querían pegar a veces me veían y los otros, los que me podían defender, casi nunca lo hacían.

Uno de esos fallos ocurrió un día en el parque, me había confiado tanto que no me di cuenta de que alguien me había estado siguiendo.

* * *

Mientras caminaba por la avenida principal del parque noté que alguien se acercaba por detrás. Al principio no le di importancia, pues era normal que la gente se acercase a mí sin saber que yo estaba ahí, ya que no podían verme.

Ese era otro de mis poderes, con el tiempo había conseguido sentir las presencias de la gente sin ni siquiera verlos. Todos los ataques, golpes... habían hecho que desarrollara ese superpoder.

Pero aquel día la presencia me puso una mano en el hombro. Y mi corazón comenzó a latir muy fuerte, muy rápido.

Estuve unos segundos sin saber qué hacer, pero al final me di la vuelta.

Y allí estaba, enfrente de mí, mirándome a los ojos.

—¿Tienes un momento? —me preguntó.

—Sí, sí... —comencé a temblar—, ¿para qué?

—Solo será un momento, vamos a ese banco...

—Vale...

* * *

Y allí, en la intimidad de un banco, una extraña pareja va a tener una de las conversaciones más importantes de sus vidas.

Para él porque es la primera vez que va a hablar de sus miedos con alguien que no sea su hermana pequeña, para ella porque hace demasiado tiempo que no le cuenta a nadie los suyos.

Tras unos minutos iniciales en los que ninguno de los dos se atreve a decir nada, poco a poco van apareciendo las palabras, y los sentimientos, y van abriendo sus mentes, y al poco lo harán también sus corazones, porque es ahí donde realmente se encuentra todo lo que necesitan decirse.

Es al rato, después de haber encontrado la confianza necesaria, después de haber hablado de temas triviales, cuando él decide preguntar algo que lleva demasiado tiempo en su mente:

—¿Por qué me cambiaste la nota?

—¿Yo? —le contesta ella, extrañada—. No, yo no cambié la nota, yo puse la nota correcta, fuiste tú quien cambió las respuestas, quien hizo el examen de otra forma.

Él se queda en silencio, sin saber qué decir.

—Sabes… —comienza de nuevo ella con delicadeza—. Sé cómo te sientes, sé lo que te está pasando…

—¿Lo sabes? —contesta sorprendido—. ¿Cómo, cómo puedes saberlo?

—Porque a mí me ocurrió lo mismo —le contesta.

Es en ese momento cuando al chico le cambia la expresión de la cara y se le dibuja una sonrisa en el rostro.

—¿Tú también conseguiste ser invisible?

* * *

—¿Qué? —contesta extrañada una profesora que no entiende la pregunta.

—Sí, ¿que si tú también tuviste ese poder?

—¿Ese poder?

—Sí, como el mío.

Y mientras un chico comienza con alegría una explicación que durará varios minutos, hay una mujer a la que se le empieza a deshacer el cuerpo, como si estuviera hecho de papel y no parara de lloverle por dentro.

Escucha, y escucha, y escucha... hasta que el chico se desahoga, hasta que expulsa de su cuerpo ese gran secreto que llevaba en su interior desde hace tanto tiempo.

—¿Sabes? —le dice ella intentando sostener las lágrimas—, no eres el único que alguna vez ha sido invisible, hay mucha gente a la que le ocurre lo mismo que a ti, lo que pasa es que todos lo mantienen en secreto, nadie dice nada.

—¿Por qué? —le pregunta.

—¿A quién se lo has contado tú?

—A nadie...

—Mira —le dice la profesora mientras se da la vuelta y se levanta el pelo de su nuca—. ¿Sabes lo que es?

—¿Parece la cabeza de un dragón?

—Sí, es un dragón, pero este es un dragón muy especial.

—¿Por qué?

—Porque este dragón apareció cuando yo quería desaparecer, él vino para darme la posibilidad de volver a ser visible. Durante años yo no quería que nadie me viera sin camisa, no quería ir a la piscina, ni a la playa... —durante muchos años, piensa, pero eso ya no se lo dice al chico, tenía pánico a estar desnuda delante de alguien, si alguna vez conocía a un chico y nos íbamos a la cama, tenía que ser con todas las luces apagadas, casi no dejaba que me tocasen, casi no dejaba que me abrazasen...—, no soportaba la idea de que nadie me viera la espalda. Hasta que un día me armé de valor y nació este dragón.

Y en ese momento, allí, en el parque, delante de todo el mundo, la profesora se da la vuelta, se levanta la camisa por detrás y le enseña su dragón, completo.

—Quiero que lo mires bien, no te quedes solo en el dibujo, mira todo lo demás, todo lo que lo rodea y, sobre todo, observa todo lo que oculta.

El chico permanece callado, mirando una espalda ajena que a la vez es la suya.

Y allí, ante el silencio de un chico que no sabe qué contestar, es ella la que le anima, la que le insiste en que le cuente todo lo que le ha estado ocurriendo, la que le pregunta por qué no ha dicho nada a nadie...

Y es allí, ante la sorpresa de una profesora que no se espera esa reacción, donde un chico le contesta que él no tiene ningún problema desde que es invisible, que, simplemente, cuando ocurre algo que no le gusta, él desaparece y así la gente deja de verlo.

* * *

Durante los siguientes días una profesora intenta, a través de palabras, parar de alguna forma los golpes. El problema es que esos golpes son, también, cada vez más invisibles: duelen igual pero no dejan marca.

Intenta evitar también un aislamiento que al final puede convertirse en el peor de los castigos, a pesar de que quien lo recibe intente convertirlo en algo bueno: en un superpoder.

Ella lo sigue intentando, en cada clase, con las palabras, con las ideas, con los ejemplos, incluso el otro día con un cuento, un cuento que dejó a todos los alumnos en silencio.

* * *

El cuento

—Hoy os voy a contar un cuento —dijo la profesora nada más entrar en clase, y todos nos pusimos a reír.

La verdad es que nos hizo gracia eso de que nos contaran un cuento a nosotros, a nuestra edad.

—Veréis —continuó—, la literatura no es solo novela, o teatro, o poesía… una parte muy importante de la literatura son los cuentos. Antiguamente, cuando nadie sabía ni leer ni escribir, muchas historias se transmitían a través de cuentos. Por ejemplo, los cuentos se utilizaban para dar lecciones a la gente, para enseñar…

En ese momento cogió un pequeño libro y buscó una página.

—Este libro se titula *Cuentos para entender el mundo 2* y aunque quizá no lleguemos nunca a comprender del todo el mundo, el cuento que os voy a contar hoy sí que os puede servir para, al menos, intentar comprender un poco mejor el instituto, o incluso esta clase. Este cuento se llama «No es mi problema» y es una versión de un cuento popular.

Y empezó.

Un ratón que vivía en una granja estaba buscando comida cuando, de pronto, a través de un agujero, observó que el granjero y su esposa estaban abriendo un paquete que acababan de comprar. En cuanto sacaron lo que había en su interior, el pequeño roedor se escandalizó, pues no era otra cosa que una trampa para ratones.

Asustado se fue corriendo para avisar al resto de los animales de la granja.

—¡Han comprado una ratonera! ¡Han comprado una ratonera! —gritaba.

Las dos vacas, que en ese momento estaban pastando tranquilamente, le contestaron:

—Vaya, ratón, lo sentimos mucho, sé que puede llegar a ser un gran problema para ti, pero como comprenderás, a nosotras eso no nos afecta en lo más mínimo.

El ratón, desilusionado, se acercó al perro para comunicarle la mala noticia:

—¡Perro, perro! ¡Tienes que ayudarme! ¡Los granjeros acaban de comprar una ratonera, tienes que ayudarme a quitarla!

El perro, que se encontraba descansando plácidamente en un rincón del establo, le contestó sin demasiado interés.

—Vaya, ratón, lo siento mucho por ti, pero como comprenderás, muy poco me afecta a mí esa ratonera.

El ratón, indignado, se acercó a los tres cerdos que había en la granja para ver si estos podían ayudarle de alguna forma.

—¡Cerdos, cerdos!, acabo de ver que los granjeros han comprado una ratonera. Ayudadme a encontrarla para no quedar atrapado en ella.

Los cerdos, que en ese momento se bañaban plácidamente en un charco de barro, le miraron con desgana.

—Vaya, pobre ratón, tendrás que andar con mucho ojo…

—Pero tenéis que ayudarme, es horrible que haya una ratonera en la granja.

—¿Acaso nosotros estamos en peligro? Puede ser horrible para ti, no lo dudo, pero no creo que una ratonera pueda hacernos ningún daño.

Y los cerdos continuaron tumbados en el barro.

Y así, uno a uno, los animales se fueron desentendiendo de aquel problema, pues era algo que, en principio, solo afectaba al ratón.

Pasaron varios días en los que el ratón andaba con muchísimo cuidado, pues sabía que en cualquier momento podía encontrarse con la ratonera y quedar atrapado en ella.

No había conseguido convencer a ningún animal para que le ayudase a encontrarla y a inutilizarla, o al menos a esconderla.

Pero una noche, de pronto, se escuchó un ruido, como si la ratonera hubiera cazado algo.

La granjera salió corriendo para descubrir que la ratonera había atrapado una serpiente que parecía muerta, pero al intentar soltarla, la serpiente pegó una sacudida y mordió a la mujer en un brazo.

El granjero, alertado por los gritos de su esposa, salió corriendo y al ver lo ocurrido la subió en su coche rápidamente para llevarla al hospital, con tan mala suerte que al arrancar atropelló al perro que estaba durmiendo justo debajo.

Durante los siguientes días vinieron muchos familiares a ver a la mujer y, para poder dar comida a todas esas personas, el granjero decidió matar los tres cerdos que tenía.

Finalmente, cuando la mujer ya estaba curada, llegó la factura del hospital y los granjeros solo pudieron hacer frente a la misma vendiendo al matadero las dos vacas que poseían.

Acabó el cuento y nos quedamos en silencio, todos sabíamos que la profesora había leído aquel cuento por algo, por alguien. Yo era el ratón, de eso estaba seguro.

* * *

Después del cuento, un chico con una pequeña cicatriz en la ceja se queda pensando qué animal es él: el perro, la vaca o quizá el cerdo… Sí, seguramente es el cerdo, es el cerdo que ha abandonado a su amigo. Hace ya tanto tiempo que no le pregunta cómo está, que no habla con él, que no se envían mensajes, que no quedan por las tardes, después de clase, para mantener esas conversaciones infinitas…

«¿Amigos?»… piensa en el significado de esa palabra, quizá sea la próxima que la profesora analice en clase. «Amigos», qué clase de amigo es él. Un amigo no dejaría al otro tirado así, sería el primero en ayudarle, en defenderle… pero ¿y él? ¿Qué pasará con él si entra en esa guerra? ¿Dónde está el límite entre ayudar y ponerse uno mismo en peligro? Quizá son preguntas demasiado grandes para alguien tan pequeño.

Y ahora, desde su mesa, lo mira, mira a ese niño ratón que cada vez es más pequeño, que ha tropezado con tantas ratoneras durante las últimas semanas que está como desaparecido. Se da cuenta de que le ha fallado en todo, desde el primer día, desde que decidió quedarse en un segundo plano, desde que decidió marcharse de su lado.

Sí, sin duda él es el cerdo, uno de tantos.

Porque no es el único que se siente así en una clase que hace tiempo que ha abandonado al ratón. Unos se sienten vacas, otros perros, otros cerdos… pero todos se inventan mil excusas en su cabeza para justificarse, la mejor de todas es que, por lo menos ellos no son la ratonera.

* * *

Él sí, él sí es la ratonera, eso lo tiene claro.

Un chico que solo tiene nueve dedos y medio hace ya días que sale del instituto con la rabia escondida entre los dientes. Le molesta cada vez más todo lo que está ocurriendo en la clase de literatura, no sabe muy bien cómo pararlo, cómo luchar contra las palabras, pues él solo sabe utilizar los puños.

Cobarde, valiente, chivato, guerreros, ardillas, dragones… y ahora ese cuento, todo tiene algo que ver con él.

Ha pensado que, de momento, va a ser más inteligente, ya no va a agredirle físicamente, pues eso cada vez es más complicado, se va a centrar ahora en ridiculizarlo a través de las redes, a aislarlo de sus compañeros, va a intentar que nadie hable con él, que no exista.

Pero ese plan tiene un pequeño problema: llega tarde.

* * *

Durante los últimos días antes del accidente ya casi nunca me pegaban, y eso solo tenía una explicación: yo estaba ganando, mi poder era cada vez más fuerte.

Es verdad que cada día, en casa, ensayaba y ensayaba, me concentraba y me imaginaba paseando por cualquier sitio sin que nadie me viera. Lo mismo hacía en clase, en el instituto, por la calle, siempre intentaba pasar lo más desapercibido posible.

Cada día me veía menos gente al ir al colegio, pasaba todo lo rápido que podía al lado de los alumnos, y de los padres, y de las madres... ya nadie se daba cuenta de que existía. Por ejemplo, el portero del colegio ni siquiera levantaba la cabeza cuando llegaba. Cerraba la puerta y basta, como si yo nunca hubiera pasado por allí.

En el pasillo ya nadie se giraba tampoco para mirarme, como si no existiera.

En clase era más complicado ser invisible, porque aunque no me vieran, todo el mundo sabía dónde me sentaba, pero aun así a veces lo conseguía, había días enteros en los que nadie me hablaba, nadie se dirigía a mí, era como si no hubiera ido a clase.

Cuando salía al recreo me quedaba en un rincón, junto a un árbol, y la mayoría de los días tampoco nadie hablaba conmigo, nadie se acercaba a mí, ni MM ni sus amigos me hacían nada. Por fin lo había conseguido, había funcionado, no me podían ver.

Lo bueno de ser invisible es que ya nadie me hacía nada, no me pegaban, no me escupían, no se reían de mí, por fin podía salir del instituto e ir tranquilo a casa sin tener que estar mirando a cada momento detrás de mí.

Lo malo de ser invisible es que tampoco te ve quien quieres que te vea. Kiri ya no me veía.

* * *

Llega el último lunes antes de que ocurra todo.

—Buenos días, hoy he pensado que vamos a dedicar la clase entera a una sola palabra —dice la profesora de literatura mientras coge la tiza.

Se gira y comienza a escribir grandes letras en la pizarra. Primero la E gigante, después una M también gigante, después una P… y así hasta que todos tienen delante una palabra que conocen muy bien.

Una palabra que afecta a un chico que comienza a ponerse nervioso, sabe que esas letras, al juntarse, van a hacerle más visible que nunca, porque ahí, en la pizarra, está la palabra que le recuerda su gran defecto.

A tres mesas de distancia, en la penúltima fila, un chico con nueve dedos y medio también se pone nervioso al leerla, incluso más que el chico invisible porque sabe que esa palabra está relacionada con su principal carencia.

* * *

EMPOLLÓN

Esa fue la palabra que escribió en la pizarra, pero aquel día no hubo risas, solo silencio.

—Veamos, ¿alguien se atreve con una definición de esta palabra? —preguntó la profesora.

Pero nadie decía nada.

—Venga, Sara, tú misma, dime una frase.

—Bueno... pues... Él sacó la máxima nota porque era un empollón —dijo.

—Bien, bueno... podría valer, alguna más, a ver tú...

—Él nunca salía los fines de semana porque era un empollón.

—Vale, a ver, otra más por allí.

—Él siempre aprueba todo sin esforzarse porque es un empollón.

Ahí, en la tercera frase me di cuenta de que todas comenzaban por un él, no con un ella, y yo sabía que ese él era yo.

—Bueno —contestó la profesora—, esa última frase no es del todo correcta, ahí tenemos un problema de significado —dijo mientras cogía el diccionario.

—Mirad, os voy a leer la definición, a ver si así detectáis

dónde está el error. *Empollón*: «Persona que estudia mucho y se distingue más por la aplicación que por el talento».

—Es decir —continuó—, un empollón no es alguien que sea listo por naturaleza, sino alguien que se esfuerza mucho por ser listo, y eso es muy distinto. ¿Qué pensáis que es más importante: el esfuerzo o el talento? A ver, levantad las manos. ¿Esfuerzo?

»Y ahora, ¿talento?

La votación quedó más o menos igualada, yo no levanté la mano en ninguno de los dos casos.

—Veréis —continuó la profesora—, si yo tuviera que elegir, elegiría una persona que se esforzara, porque conozco muchas personas con talento pero que son más vagos que un palo de escoba, en cambio la mayoría de la gente que se esfuerza suele conseguir siempre buenos resultados.

»Pero no nos desviemos del tema, vamos a trabajar esta palabra, y, sobre todo, vamos a analizar cómo la utilizamos, pues generalmente es de forma despectiva, ¿a que sí?

* * *

—A ver, ¿cuántos de aquí tienen móvil?

Y ante esa pregunta casi toda la clase levanta la mano.

—Bien, ¿qué tipo de personas pensáis que han desarrollado la tecnología necesaria para que todos vosotros os estéis gastando el dinero en esos aparatos? ¿Quiénes creéis que se han enriquecido mientras vosotros estáis suplicando dinero a vuestros padres para aumentar el saldo? ¿Quién gana dinero mientras vosotros perdéis el tiempo haciendo selfis?

»¿Quién utiliza Google? ¿Quién utiliza WhatsApp? ¿Quién tiene una bici, una tableta, un ordenador...? ¿Quién se ha subido alguna vez a un tren, a un avión o a un ascensor?

»Tenemos todas esas cosas gracias a que en su día hubo empollones que lo hicieron posible, personas que con o sin talento se esforzaron por estudiar, por investigar, por aprender, por dar un paso más que los demás... Cuando cogéis una moto, una bici, cuando cruzáis un puente, cuando compráis algo por internet, cuando encendéis una bombilla, cuando utilizáis el GPS para guiaros, cuando jugáis a la consola, cuando os hacéis una foto... todo eso es posible gracias a los que llamamos "empollones", de hecho toda vuestra vida depende de ellos.

En ese momento la profesora hace una pausa y solo se oye el silencio, muy pocas veces una clase ha tenido a sus alumnos tan concentrados.

—Supongo que muchos de vosotros habéis subido a un avión, ¿verdad? Seguro que no os gustaría mucho que el piloto fuera uno de esos que en el instituto sacaba las peores notas, que no sabía hacer nada, que le daba todo igual... ¿a que no? A que os gustaría que el piloto estuviese muy preparado, y si es el mejor preparado de su promoción, mejor, ¿a que sí? Pues cada vez que conozcáis a un empollón pensad lo mismo de él, que seguramente será quien en un futuro pilote vuestra vida.

»Y después está el resto, el rebaño de ovejas, los consumidores, los que ahora de jóvenes se ríen de los empollones pero que después se pasarán trabajando quince horas al día en una pizzería o una hamburguesería por un sueldo de mierda.

»Bueno, y también están los otros, los que piensan que sin hacer absolutamente nada serán famosos y ricos; los que su mayor aspiración simplemente es ser famosos, o esos que creen que su futuro es ser youtuber porque está de moda.

Y en ese momento la profesora comienza a reírse.

—¿Alguno de esos ha pensado qué pasará el día en el que YouTube diga que va a reducir lo que paga por visita, o que directamente lo reduzca a cero? ¿Qué hará toda esa gente que sin tener ni idea de nada se dedica a comentarlo todo? ¿Hablarán con el espejo?

Ahí para de hablar y se queda mirando a toda la clase.

—¿Sabéis una cosa, chicos? Esto del instituto son solo cuatro años, quizá más para algunos —y es ahí cuando MM se revuelve en su silla—, pero después os queda el resto de vuestra vida, y eso es mucho, mucho, mucho tiempo, ¿qué haréis después?

Silencio de nuevo.

—Después tenéis toda la vida, y eso son muchos años, para elegir si queréis pasarla trabajando para otros por un sueldo de mierda o no. Os aseguro que aunque ahora os riais de los empollones, no será nada comparado con lo que se reirán ellos de vosotros dentro de unos años.

»Os deberíais preguntar quiénes suelen ser las personas más ricas del planeta. No son las que se pasan el día tumbados en el césped, o las que están todo el día mirándose al espejo a ver cómo les han quedado las uñas o las mechas nuevas, ni las que pierden horas enganchadas al móvil, ni siquiera las que tienen talento y lo desperdician, no, no son esas las que se hacen ricas.

»Por eso, antes de reíros de una persona que estudia, que quiere ser algo, que quiera aportar algo a la sociedad, pensad en quién os curará cuando estéis enfermos, quién os salvará la vida cuando un parto se complique, cuando tengáis un accidente…

Y es en ese momento cuando, sin verlo, MM sabe que el dragón va a ir a por él, que le va atacar sin piedad.

Y es en ese momento cuando la profesora nota que algo se mueve en su espalda, sabe que va a tomar el control de la conversación.

Y ambos, MM y profesora tiemblan porque no saben lo que va a decir el dragón, ¿hasta dónde va a ser capaz de llegar con toda la información que tiene?

* * *

—Por ejemplo, Sara —pregunta el dragón—, cuando te caíste y te rompiste la pierna, ¿quién te curó, quién te operó, quién diseñó el aparato con el que te hicieron la resonancia…? O tú, Marcos, cuando tu hermanita nació casi sin peso, ¿quién ayudó a tu madre a dar a luz, quién inventó la incubadora que ha conseguido que tu hermana esté viva y sana?, o tú, Sandra…

Y MM en ese momento se da cuenta de que el dragón está volando sobre todos los alumnos pero con un objetivo claro: él.

En apenas unos minutos sus temores se hacen realidad, no hay nombre, solo una historia, su historia. Y es entonces cuando MM se pregunta cómo el dragón sabe eso, cómo se ha enterado de lo que ocurrió hace tanto tiempo.

—O imaginaos —continúa el dragón— que un día vais en coche con vuestros padres y el coche se sale de la carretera en plena noche…

«El coche se salió por algo», piensa MM.

—… y tenéis un accidente, uno de los graves, de esos que os pueden costar la vida, la vuestra o la de todos los que van en el coche.

«La de todos no, solo la mía», se dice a sí mismo MM.

—Y es tan grave el accidente que os llevan al hospital para operaros a vida o muerte, pues un trozo del coche se os ha clavado en algún punto de vuestro cuerpo…

«En cualquier parte no, en el pecho, justo encima del corazón.»

—Y afortunadamente la operación sale bien, pero os toca estar ingresados mucho tiempo en un hospital en el que os hacen todo tipo de pruebas.

«Mucho, mucho tiempo, dos meses fueron, recuerda el chico de nueve dedos y medio. Dos meses ingresado en el hospital sin saber por qué estaba yo allí, sin haber hecho nada, sin…» Y es ahí cuando nota por primera vez que se le humedecen los ojos.

—¿Os imagináis que el doctor que os tiene que operar no estuviera ahí porque de pequeño no paraban de llamarle empollón?, ¿os imagináis que os toca el doctor más vago de su promoción?, o lo que sería ya total, pero que podría pasar algún día… ¿os imagináis que el doctor que os va a salvar es el mismo al que de pequeños vosotros insultabais por estudiar mucho?

»Nunca subestiméis el destino y, sobre todo, nunca os riais de alguien que el día de mañana puede salvaros la vida.

Y en ese momento MM ya no está allí, su mente ha volado hacia el pasado, hacia todos aquellos días en los que un pequeño de siete años permanecía día tras día en una cama sin entender nada…

Muchos años atrás, también en un hospital

Un niño de solo siete años se despierta cada mañana sin saber por qué tiene que respirar a través de un tubo, por qué le dan tantas pastillas y, sobre todo, sin saber por qué tiene vendada la mano. Por eso le pregunta a su madre.

—Mamá —le dice sin poder mover casi el cuerpo—, ¿por qué estoy aquí?

Y es en ese momento cuando la mujer no aguanta más y comienza a llorar, allí, delante de él. Cuando desearía desaparecer, cuando el dolor es tan intenso que le gustaría morir allí mismo si con eso pudiera volver al pasado, si con eso pudiera arreglar lo ocurrido…

MM reconoce que ha perdido, que el dragón ha jugado sucio, que hay cosas que no deberían saberse. Que hay recuerdos que deberían permanecer en la intimidad de uno mismo.

Se levanta y, sin decir nada a nadie, sale de clase.

El dragón lo ve, la profesora lo ve, el chico invisible lo ve, todos sus compañeros lo ven… pero nadie dice nada.

* * *

Un chico con nueve dedos y medio entra furioso en el baño y comienza a golpearlo todo: la puerta, la pared, el espejo… y es en el interior de esa furia cuando nota que algo ha crujido en su mano: le sale sangre de uno de sus nudillos.

Mete la mano bajo el agua del grifo y comienza a llorar. Es una mezcla entre rabia, impotencia y odio.

El accidente ocurrió hace muchos años, cuando él era muy pequeño, pero se acuerda absolutamente de todo, es como si la mente marcara a fuego algunos recuerdos. La discusión de sus padres incluso antes de entrar al coche: ella, su madre, insistiendo que en su estado no debería conducir; él, su padre, asegurando que por cuatro copas no iba a pasar nada.

Y así, entre gritos, un niño de apenas siete años es colocado en la parte de atrás del coche sin que nadie le dé la opción a opinar.

Y el coche arranca, y la discusión continúa: las lágrimas de ella, los gritos de él. Y entre ese huracán de emociones, un niño que tiene miedo pero no sabe de qué llora en una situación que no entiende, porque a esa edad aún no alcanza a comprender qué relación tienen las palabras *copas* y *coche*.

A los pocos minutos un volantazo avisa de que lo peor aún

está por venir: el coche invade el carril contrario, otro que viene de frente le hace las luces y consigue esquivarlo. Gritos de su madre, gritos de su padre, lágrimas de un niño que quisiera salir de allí pero que al ser una vida tan pequeña se da cuenta de que no tiene capacidad de decisión.

Y al rato la calma, ese silencio que siempre precede a la desgracia.

Otro volantazo, el que los saca de la carretera.

Y un niño al que nada le sujeta a su asiento nota cómo empieza a volar en el interior de un coche. Sus pequeños ojos observan cómo todo su alrededor gira.

Y es en ese volar sin ancla cuando de pronto siente un pequeño dolor en su mano, pero no será ese el peor dolor que sufra, no, será el que viene a continuación, el de un trozo de metal que se le clava en el pecho, justo al lado del corazón.

Y silencio.

Y gritos de una madre desesperada al ver la sangre salir del pecho de su pequeño.

Y el hundimiento de un padre que permanece arrodillado en el suelo, sujetando entre sus brazos la vida de un niño que se le escapa entre los dedos.

Nadie tenía esperanzas en que un cuerpo tan pequeño y con tanto daño saliera adelante, nadie excepto el médico que lo operó, que tomó el control de todo, uno de los mejores le dijeron después, una de esas personas que no había hecho otra cosa en su vida que estudiar y prepararse para eso… para salvar vidas.

Y el niño sobrevivió, con una gran cicatriz en el pecho y medio dedo menos, pero sobrevivió.

Y sobrevivió, lo piensa ahora, gracias a alguien como el chico tomate.

* * *

Fue a partir de aquel momento cuando sus padres, para compensar el sentimiento de culpa, comenzaron a darle todo lo que quiso.

Fue también a partir de entonces cuando su padre se alejó de él. Cada vez jugaban menos juntos, cada vez había menos abrazos, menos besos, menos cuentos por la noche...

Algo que el niño nunca entendió, porque con siete años no se puede tener rencor, con siete años uno quiere a sus padres aunque no cuiden de él, aunque no sean los mejores padres del mundo... aunque casi le maten con el coche. Es lo que tienen los niños tan pequeños: que fabrican continuamente amor sin condiciones.

Con el tiempo su padre se ha ido alejando tanto de él que ya hay días en los que parece que viven en universos distintos.

«¿Por qué?», se ha preguntado tantas veces. Quizá por vergüenza, quizá porque nunca se ha perdonado lo que hizo, quizá porque cada vez que observa a su hijo él solo ve culpa.

Y MM llora en la intimidad lo que jamás se atrevería a llorar en público, y se sienta en el suelo, bajo el lavabo, y deja que su cabeza caiga entre sus piernas; es ahora cuando ese chico desearía que entrara el dragón en el baño y le abrazase, aunque le quemase, aunque le clavase las uñas en la piel… porque incluso los villanos necesitan de vez en cuando un abrazo.

Es en ese momento cuando algo se mueve debajo de esa cicatriz que tiene en el pecho.

* * *

Aquel día de la palabra empollón me di cuenta de que no era tan grave mi defecto, que la profesora tenía razón, que quizá eso de ser un empollón no era tan malo.

Aquel día también pasó algo raro con MM. Salió de clase para ir al baño y ya no volvió, ni a esa clase ni en todo el día, ni tampoco al día siguiente, ni al otro. Dijeron que se había dado un golpe muy fuerte en la mano y que tenía algo roto.

Así que los siguientes días fueron tranquilos. De todas formas yo ya había perfeccionado tanto mi poder que podía pasarme el día entero sin que nadie me hablara, sin que nadie me tocara, sin que nadie me viera.

¡Lo había conseguido! Estaba feliz. Era capaz de controlar cuándo quería ser invisible, y ya siempre funcionaba.

Por eso fue tan raro lo que pasó a los pocos días...

* * *

Un chico con nueve dedos y medio, y ahora uno de ellos roto, está en casa pensando en el momento adecuado para hacer lo que nunca se ha atrevido.

Es complicado, por eso le cuesta tanto, porque algo así solo puede hacerlo un valiente y quizá él, en el fondo, sí que es un cobarde.

Al tercer día de estar en casa ya no puede más y sale a la calle, sabe que a esa hora más o menos atravesará de vuelta el parque, que estará solo. Mejor así, no quiere testigos.

Se espera escondido tras un árbol, sabe que si lo ve echará a correr, por eso quiere hacerlo por sorpresa.

A los pocos minutos lo ve: el chico avispa llega con la cabeza mirando al suelo, como si estuviera contando sus propios pasos, como si estuviera viviendo en otro mundo.

Deja que pase y se coloca detrás de él, a unos diez metros. Y entonces le llama:

—Sheee.

* * *

Ese sheee llega como un huracán de recuerdos a un chico que revive todo lo sufrido desde aquel primer día en el que dijo NO.

Y tiembla de nuevo.

Y tiene otra vez miedo.

Y no entiende qué ha fallado, ¿por qué justamente en ese momento ha vuelto a ser visible?, ¿qué es lo que ha hecho mal?, en qué momento se ha desconcentrado.

Nota, gracias a sus poderes, una presencia en su espalda, a apenas cinco metros, calcula.

Duda entre si girarse o echar a correr.

Decide por una vez enfrentarse a él y se gira, y se quedan allí, héroe y villano frente a frente.

Y su mente se llena de recuerdos: los empujones, las zancadillas al entrar y salir de clase, los escupitajos en la espalda, su cabeza en el interior del váter, la caca de perro que le metieron en la mochila, el vídeo de la avispa, sus fotos volando por las redes sociales, el rostro de Kiri diciéndole cobarde a la cara, las noches sin dormir, las mañanas en las que ha mojado la cama… y es ese último recuerdo el que ahora mismo hace que se junte todo el miedo en su cuerpo y, sin quererlo, se escape en forma de líquido: se mea encima.

El villano mira fijamente cómo va creciendo una mancha oscura en los pantalones del chico tomate, una mancha que hace visible todo el sufrimiento que el héroe lleva dentro.

Un héroe que, de pronto, mira instintivamente a todos lados. Sospecha que los amigos de MM estarán por ahí, escondidos, grabándolo todo. Grabando el momento en el que un chico se acaba de mear encima sin que nadie le haya hecho nada.

Mira de nuevo a MM y sale de allí corriendo.

* * *

MM se ha quedado de pie durante varios minutos en el parque, observando cómo el chico avispa huía sin motivo, sin saber qué ha ocurrido. No le ha hecho nada, no le ha tocado, ni siquiera le ha hablado. No entiende qué ha pasado, quizá porque aún es demasiado joven para comprender que no se pueden quitar los agujeros de una flecha que ha atravesado tantas veces un cuerpo.

Se da la vuelta, mira a todos lados, nadie ha visto nada, mejor así.

* * *

Un chico llega a casa arrastrando una derrota tan larga en el tiempo que le pesa más que su propio cuerpo. Sabe que el dolor puede asumirlo ya sin problemas, se ha llenado tanto que al final se ha hecho inmune, pero la vergüenza... eso es otra cosa. Eso siempre le ha hecho naufragar.

Y ahora, justamente ahora que parecía haber conseguido ser invisible, piensa que va a ser más visible que nunca.

Se imagina que en unos minutos, quizá ya mismo, ese vídeo lo estarán viendo todos sus compañeros de instituto. Un vídeo que, imagina, no se quedará solo ahí, que llegará también a los amigos de sus compañeros y a los amigos de los amigos, y a los amigos de los amigos de los amigos... y así hasta el infinito. Serán miles y miles las personas que verán cómo se ha meado encima.

Sube a su habitación, tira la mochila y se lanza sobre la cama. Y allí llora un cuerpo sobre el que ya no caben más castigos. Lleva ya demasiado tiempo rodeando precipicios, haciendo lo imposible por aguantar el equilibrio en un mundo repleto de enemigos, con los pies cada vez más lejos del suelo... con los pies cada vez más cerca del abismo.

Vuelve a pensar en el vídeo, no puede dejar de hacerlo, y se lo imagina llegando también a un móvil muy especial, al móvil de una chica con muchas pulseras. Y se la imagina también tumbada sobre su cama, abriendo un enlace que le acaba de llegar. Se la imagina viendo cómo se mea encima, sin razón aparente, solo por miedo. Y se la imagina riéndose, riéndose de él, se imagina su risa de desprecio, se imagina... Es lo que tiene la mente, que puede causar un dolor infinito basándose en la nada.

Tiene muy claro que no va a volver al instituto, no sabe muy bien cómo lo hará, pero no va a volver.

Se levanta.

Entra en el baño sin encender la luz.

Se quita la ropa.

Se ducha dejando caer las gotas sobre su espalda.

Se seca lentamente, a oscuras, así no tendrá la oportunidad de mirar su cuerpo desnudo en el espejo.

Esconde el pantalón entre la ropa sucia para no tener que responder a ninguna pregunta.

A los pocos minutos llegan sus padres y su hermana, una niña que lo primero que hace cada día nada más entrar en casa es subir corriendo a verlo.

—¡Vamos, a cenar! —se oye al rato desde la cocina.

Bajan por las escaleras despacio, ella de su mano, él observando bien todos los detalles de una casa que quién sabe si puede olvidar mañana.

Mientras cenan se oyen truenos lejanos.

—Mamá, ¿qué es eso? —pregunta su hermana.

—Tormenta, pero no pasa nada, no te preocupes —contesta la madre.

Acaban de cenar, se ponen los pijamas, se lavan los dientes y, mientras él recoge su habitación, llega su hermana con una pequeña oveja de peluche en la mano.

—¿Puedo dormir contigo esta noche? Es que me da miedo la tormenta.

—Sí, claro que sí —contesta un chico que sigue pensando en el vídeo, en Kiri, en la vergüenza…

—Vale —le contesta con una sonrisa que vale un mundo.

Los dos se meten en la cama. Y es ahí cuando nuestro chico se dispone a comenzar una de las conversaciones más difíciles de su vida.

* * *

—¿Qué cuento me vas a contar hoy? —le pregunta su hermana mientras se acurruca junto a su pecho.

—El del niño al que nadie quería —le contesta mientras le tiemblan los ojos. Piensa que, con la luz apagada, ella no notará las lágrimas.

—¿Nadie lo quería?

—No, Luna, nadie lo quería...

Y llega ese momento en que la torre se tambalea, cuando uno ya sabe que no va a hacer falta ni siquiera el viento para tirarla porque va a caer sola.

—Pero yo sí que lo querría, seguro que sí que lo quieren...

—Tú sí, Luna, tú sí...

—¿Cómo se puede no querer a alguien? —pregunta una niña desde esa edad en la que aún sobrevive la inocencia.

Silencio.

—Luna, ¿sabes que te quiero mucho? —le dice mientras la aprieta entre sus brazos.

—Yo también, yo también te quiero mucho, muchísimo, supermuchísimo —le contesta ella colocándose poco a poco en posición fetal.

—Te querré siempre, Luna, siempre, eres lo más bonito

que me ha pasado en la vida, ojalá la vida fuera esto, ojalá la vida fueras tú —le dice el chico mientras hunde su cabeza entre los pequeños brazos de su hermana.

—¿Por qué lloras? —le pregunta ella.

—Porque igual algún día ya no estoy aquí, contigo.

—Pero yo no quiero que te vayas, yo quiero que estés siempre conmigo… —le susurra en esa lucha contra el sueño que poco a poco comienza a perder.

—Ya lo sé, no te preocupes, siempre estaré contigo, siempre voy a quererte…

—Yo no quiero que te vayas, yo no quiero que… —Y por fin la niña cierra los ojos sin soltarle el dedo a su hermano. Duerme.

—Pero si no sirvo para nada —le susurra—, solo soy un estorbo, todo el mundo se ríe de mí, no entiendo para qué he nacido…

Y la abraza.

Y así, juntos, rostro contra rostro, desaparecen.

Ella sintiéndose feliz, segura, querida.

Él sintiéndose nada.

* * *

A la mañana siguiente me desperté pronto, y ella seguía allí, a mi lado, con su mano agarrándome el brazo. Me levanté con cuidado para no despertarla, encendí la luz de la mesita y me asomé a la ventana: seguía lloviendo y parecía que no iba a parar en todo el día.

Comencé a mirar los pósteres que tenía en las paredes, las estanterías llenas de cómics, el armario con tantas y tantas fotos… no sé por qué de alguna forma quería memorizarlo todo… por si acaso no volvía a verlo.

Al rato sonó el despertador de mis padres.

Aquella mañana, mientras Luna y yo estábamos desayunando, me di cuenta de que por lo menos en casa aún seguía siendo invisible, no había perdido mi poder.

* * *

Es su padre el que, como casi siempre, se despide con prisas, con un hasta luego que no llega a nadie. Ni siquiera se da cuenta de que ha estado más tiempo buscando las llaves del coche que hablando con su hijo.

Es curioso la importancia que puede tener este tipo de detalles después, cuando ya es tarde, cuando uno vuelve a casa y se da cuenta de que no puede recordar su rostro. Casi siempre actuamos como si todo lo que nos rodea fuera a estar ahí siempre, en lugar de vivir cada momento como si fuéramos a perderlo todo al día siguiente.

Cuando su padre ya no está es cuando comienza a observar detenidamente a su madre. Una mujer que va de aquí para allá, preparando todo para su hermana, buscando la bolsa para su trabajo, intentando dejar la cocina lo más recogida posible...

Una madre que, tras coger a Luna, sale de casa sin apenas prestarle atención, sin darse cuenta de que hay un cuerpo delante de ella que está desapareciendo entre los muebles. Y así comienza una mañana que va a ser muy distinta a todas las demás.

* * *

Ya se habían ido todos, estaba solo en casa.

Aquel día no tenía prisa, no iba a ir al instituto, no iba a volver nunca. Durante toda la noche había estado pensando en todas las opciones, la primera que se me ocurrió fue quemar los libros y los apuntes. Así por lo menos ya tenía un motivo para no ir.

Subí a mi habitación, cogí la cartera y metí en ella todo lo del instituto. Cogí también el móvil y un mechero.

No sé por qué pero fui a la habitación de Luna, estuve un rato mirando su cama, sus muñecos, sus libros... y de pronto la vi, sobre la mesa. La cogí y la metí como pude en la cartera.

Bajé a la cocina, apagué las luces y salí a la calle, seguía lloviendo.

Estuve a punto de volver a entrar para coger el paraguas pero pensé en lo absurdo que sería ver un paraguas volando solo por la calle, sin nadie debajo que lo sostuviera.

Mientras caminaba pensaba otra vez en mis opciones. Estaba hecho un lío. Sabía que lo de MM había sido un fallo, un fallo de concentración seguramente. Es verdad que durante las últimas semanas había sido visible en algunos momentos del día: en clase, en casa cenando con mis padres, el día que fui a la tienda a comprar… pero en todos esos momentos había sido visible porque yo había querido serlo. Y también es verdad que durante las últimas semanas siempre que había querido ser invisible también lo había conseguido. Tenía claro que con la única persona que no funcionaba aquel poder era con mi hermana, pero ¿y si ahora tampoco funcionaba con MM? ¿Y si estaba empezando a perder mi poder? ¿Y si el veneno de las avispas estaba dejando de hacer efecto?

Aunque también había otra explicación. Me había dado cuenta de que la única persona que siempre podía verme era mi hermana, justamente la persona a la que más quería, entonces… por esa misma regla, quizá la persona a la que más odiaba, MM, también podía verme.

Tenía que averiguar si lo de MM solo había sido un error mío, por no estar concentrado, o si de verdad estaba perdiendo mi poder… porque si era eso último…

Empezó a llover más fuerte y yo a correr más rápido, hasta que llegué al muro. Lo salté y seguí corriendo hasta que me metí en el túnel lo más rápido que pude.

Me quité la mochila y saqué todo lo que había dentro.

La oveja de peluche de mi hermana la dejé en una pequeña repisa junto a las demás cosas, no sabía muy bien por qué la había cogido, era como tener un trocito de ella allí.

Cogí el mechero y pensé que la mejor forma de no volver a las clases era quemándolo todo: los libros, las libretas, los apuntes, la cartera…

Al principio me costó un poco porque la mochila estaba mojada, pero no los libros, así que metí todos los papeles de nuevo dentro y ahí les prendí fuego. La mochila empezó a derretirse delante de mí.

Miré también a la pared del túnel, todo lo que había allí:

los papeles, la lista, los dibujos… todo lo que había ido coleccionando durante los últimos meses.

¿Y ahora qué?

Bueno, ahora tenía que descubrir si solo había sido esta vez o si de verdad estaba perdiendo mi poder para ser invisible. Y había una forma de saberlo, solo tenía que esperar.

* * *

Suena el timbre en el instituto y todos los alumnos entran corriendo, sin orden ni control… es lo que ocurre cuando llueve, que parece que se acaba el mundo.

Ya en el interior del edificio cada uno va a su clase a la espera de que comience un día más.

En una de ellas, la segunda a la derecha en el piso de arriba, una profesora entra y saluda a todos sin fijarse demasiado en las ausencias. Coge la tiza y se dispone a poner en grande la palabra del día cuando el dragón se da cuenta de que hay una silla vacía en el aula. Y por eso se mueve, y por eso le duele la espalda a una profesora que se gira para descubrir la ausencia.

—¿Alguien sabe por qué no ha venido?

Pero nadie dice nada.

Se da la vuelta extrañada y comienza de nuevo a escribir la palabra. Escribe la I, la N, la V, la I… y justo cuando va a escribir la siguiente letra el dragón se mueve de nuevo. Está inquieto, nervioso.

Deja la tiza, se gira y vuelve a mirar la silla vacía.

—Voy un momento a hablar con la directora, enseguida vuelvo —dice mientras deja allí, sobre la pizarra, una palabra que ya no terminará de escribir.

* * *

Un chico que ya no sabe si la gente puede verle o no abandona la protección del túnel hacia la respuesta que está buscando.

Camina como un equilibrista bajo la lluvia, intentando no resbalar sobre dos alambres paralelos. Avanza unos cuantos metros y elige un lugar bien visible, justo donde acaba la recta infinita, para demostrarse a sí mismo que aún es invisible.

Y se quedará allí, a la vista de todos, a la espera de que la respuesta a su pregunta venga a recogerlo.

* * *

El dragón entra como un huracán en el despacho de la directora para preguntar por el chico invisible, pero ella no sabe nada, nadie ha llamado para decir que no iba a ir a clase.

—Hay que avisar a los padres —le dice una profesora que cada vez está más nerviosa.

—Bueno, no creo que sea necesario, si tuviéramos que llamar a los padres cada vez que…

—Pero es el protocolo, hay que hacerlo —insiste ella.

—Bueno, pues haz lo que quieras…

Busca el teléfono, y llama.

Suena un móvil a varios kilómetros de distancia que nadie coge. Cuelga.

Llama ahora al otro teléfono. Un tono, dos, tres… y esta vez sí hay suerte. La madre lo coge.

Pero la conversación no soluciona la situación, sino todo lo contrario: tampoco sabe nada, no entiende por qué su hijo hoy no ha ido a clase.

Y a partir de ese momento llegan los miedos, las preguntas y las prisas. Es entonces cuando el dragón decide hacerse cargo de la situación, poniéndose al mando de un cuerpo que se ha bloqueado.

—Me voy a buscarlo —dice sin esperar respuesta.

—¿Qué? —protesta la directora—. Pero ¿dónde vas? ¿Estás loca? Tú lo que tienes que hacer es quedarte en clase, con tus alumnos, ahora tomaremos las medidas oportunas, pero tú tienes que…

Pero la profesora ya no está allí para escuchar nada, sabe que ella puede equivocarse, ella sí, pero el dragón no, el dragón nunca se equivoca.

Saca las llaves, abre la puerta del coche y comienza a conducir entre la lluvia y el miedo.

Sabe perfectamente dónde tiene que dirigirse, conoce el refugio del chico, el mismo lugar que ahora podría ser su tumba. No es la primera vez que le ha seguido, lo lleva haciendo hace ya mucho tiempo aunque él no se haya dado cuenta.

Lo lleva haciendo desde aquel primer día en el parque, cuando MM y sus amigos lo pillaron sentado en un banco e iban a pegarle. Aún recuerda la reacción del pobre chico. Lo único que hizo fue apretar los ojos y agacharse sobre sí mismo, puso la cabeza entre sus piernas simplemente esperando los golpes.

Unos golpes que nunca llegaron gracias a que ella apareció por el otro lado y cruzó la mirada con sus agresores. Fue en ese momento cuando MM y sus amigos decidieron seguir caminando como si no pasara nada, como si el chico invisible fuera de verdad invisible.

Lo intentaron varios días más, y en todas las ocasiones ella estaba allí.

Desde entonces le ha seguido casi siempre, por eso ahora mismo sabe dónde puede encontrarlo.

* * *

Continúa lloviendo sobre un cuerpo que se mantiene inmóvil. Sabe que queda poco, muy poco; aún no lo ve pero ya puede sentir el aliento de la respuesta bajo sus pies: un pequeño temblor que segundo a segundo se va haciendo más intenso.

Está convencido de que aún es invisible, quizá porque esa es la única esperanza que le anima a continuar en un mundo que no le quiere.

Está ahí, aún a mucha distancia pero ya es capaz de verlo: un pequeño punto que va creciendo conforme se acerca.

De momento silencio, eso es buena señal.

Continúa acercándose, continúa creciendo, y continúa el silencio. Sonríe.

Una sonrisa que de pronto se esfuma al escuchar el sonido de una bocina. Una bocina gigante que ocupa todo el alrededor, un pitido tan fuerte que parece como si una aguja le atravesara la cabeza de lado a lado.

«No lo entiendo, no lo entiendo, no lo entiendo», se dice a sí mismo. «No puede ser…»

* * *

Un coche va demasiado rápido a través de unas calles difuminadas por la lluvia. La mujer que lo conduce no puede apoyarse porque la espalda le quema como si hubiese fuego en el respaldo, por un momento piensa que el dragón se le va a salir del cuerpo.

Llega al lugar pero no sabe dónde aparcar, no hay sitio. «¡Da igual!», le grita un dragón que tiene más relieve que nunca. «¡Deja el coche ahí, sobre la acera!»

Y lo deja.

Y ambos —mujer y dragón— salen del coche en dirección al muro. Ella corriendo, él volando.

* * *

Una bocina continúa gritando sobre un chico que no puede creer lo que está pasando. Un cuerpo que se ha quedado bloqueado, inmóvil bajo una lluvia que parece querer sepultarlo allí mismo.

Una bocina que muestra dos realidades: la suya, la que él se ha imaginado en su cabeza, y la otra, la que todos los demás conocemos.

La primera es esa que le hace creer que después de meses siendo invisible, por alguna razón ha perdido su poder. Una realidad dura porque eso implicaría volver otra vez al principio: a los insultos, a los golpes, a las risas, a la violencia...

Y después está la otra realidad, la que todos sabemos pero él ni siquiera contempla: quizá es visible ahora porque siempre lo ha sido. Pero claro, eso sería admitir algo demasiado duro para un cuerpo tan frágil: significaría admitir que durante los últimos meses todo el mundo ha visto lo que le ocurría y nadie ha hecho nada para ayudarle. No, esa opción ni siquiera la contempla.

* * *

Diez segundos

Continúa sonando la bocina —cada vez más fuerte, cada vez más cerca— sobre un chico que no se mueve.

Es la mente la que ha decidido tomar el control con la esperanza de desbloquear un cuerpo que se ha quedado inerte. Comienza enviando pequeños recuerdos de esa época en la que apenas existía el miedo: su infancia.

El olor a leña de la casa del pueblo; las monedas que su abuelo le sacaba de las orejas en cualquier momento; las partidas al parchís que misteriosamente casi siempre ganaba; los caramelos que su abuela siempre le daba a escondidas... Tumbarse sobre su padre en el sofá, haciendo coincidir su cabeza con el latido de él hasta que llegaba el sueño; el sabor de aquellos macarrones que hacía mamá los viernes; los castillos de arena que siempre acababa llevándose el agua; la cometa que se quedó enganchada en el árbol; los primeros días en la piscina; los cuidados que le dio su madre aquella vez que cogió una gripe tan fuerte que estuvo una semana en la cama; aquel ratón que después de perder un diente siempre le traía regalos demasiado grandes como para llevarlos encima; la sensación de flotar en los brazos de su padre cuando volvían tarde a casa y se había quedado dormido en el coche...

El problema es que, entre todos esos recuerdos lejanos, la mente no es capaz de filtrar otros más cercanos, más dolorosos: la sensación de impotencia ante aquel primer empujón; las risas de sus compañeros después de cualquier ataque, después de cualquier insulto; todos los bocadillos que acababan destrozados en el suelo; esas marcas en la espalda que ha intentado ocultar a todo el mundo; el olor de su propia orina en el cuerpo... son esos recuerdos los que mantienen el cuerpo bajo la lluvia, sin intención de moverse.

Ocho segundos

La mente lo intenta de nuevo, sabe que cada vez queda menos tiempo para sobrevivir al impacto de la desesperación. Por eso, al ver que no ha funcionado lo anterior, busca en otra parte de los recuerdos hasta que cree encontrar la solución: el amor.

Y vuelven a llegarle imágenes a un cuerpo que continúa bloqueado en un limbo de ruido: el sonido de las pulseras cuando movía sus brazos; aquella tarde que, sin querer, rozaron sus manos; el primer beso en la mejilla; las pecas moviéndose por su cara cuando sonreía; los mensajes con sonrisas y corazones violeta; las miradas antes de despedirse; la felicidad al dormirse pensando en ella; el deseo que pidió en su último cumpleaños; esos dibujos que ahora están en la pared del túnel: el de la ardilla gigante luchando con el guerrero, el de esa pistola que apunta a dos iniciales MM... y ahí, de pronto, entran otros pensamientos: la palabra cobarde que ella le dijo un día a la vuelta del colegio; las conversaciones que ya no tenían; observarla desde lejos hablar con otros chicos... y, sobre todo, esa mancha en el pantalón que ahora mismo piensa que ella ya habrá visto, de la que ya se habrá reído.

Seis segundos
Ya puede sentirla bajo sus pies, todo tiembla, es la muerte que viene a recogerlo.

* * *

Un dragón que acaba de volar sobre un pequeño muro continúa elevándose en el aire para tener una mejor perspectiva de lo que está ocurriendo.

Y de pronto lo ve: bajo la lluvia un cuerpo permanece inmóvil sobre las vías de un tren que está a punto de llevárselo por delante.

Sabe que jamás llegará a tiempo, y aun así despliega sus alas gigantes para volar lo más rápido posible, y grita, y escupe fuego, y rabia, y miedo…

Sabe también que no es el tren el que va a llevarse por delante la vida de ese chico, ni siquiera es MM el culpable; no, los que van a acabar con una vida que apenas ha podido estrenarse son todos los que han mirado pero han preferido no ver; también toda esa gente que ni siquiera ha querido mirar. Sabe que uno no es invisible si los demás no le ayudan a serlo.

Y aun así, aun sabiendo que no va a llegar a tiempo, el dragón continúa volando todo lo rápido que puede.

* * *

Cinco segundos

La mente sabe que le queda una última oportunidad.

Cinco segundos es el tiempo límite para introducir los pensamientos adecuados, ya no puede fallar.

Cuatro segundos

La mente tiene una idea, bueno, dos. La primera es introducir en el cuerpo una mentira, una mentira creíble entre todo ese universo de poderes que el chico se ha inventado. Una mentira que le dé una esperanza.

Y después, al instante, llenar sus recuerdos de amor, pero del otro amor, del que no se acaba.

Y llega la mentira…

* * *

La mentira

No recuerdo muy bien qué estaba pensando en ese momento, solo recuerdo que estaba allí, quieto, debajo de la lluvia, viendo cómo se acercaba una mancha negra que cada vez se hacía más grande.

Ah, y también recuerdo aquel pitido tan insoportable de la bocina del tren, un ruido que me atravesaba la cabeza, el mismo que por las noches no me deja dormir.

Y de pronto, no sé por qué, me vino a la mente una idea, una esperanza… ¿Y si el tren me había visto por culpa de la lluvia? Era posible, esa podía ser la explicación. Igual sí que era invisible, pero al estar bajo la lluvia el conductor del tren había visto una silueta en la vía y por eso pitaba, ¡claro! ¡Eso era! El conductor lo único que veía era mi silueta bajo la lluvia, pero no a mí.

Aquella idea consiguió que me animara un poco, pero aun así me sentía tan cansado… tan cansado de todo: cansado de que la gente no me viera, cansado de vivir aislado, cansado de que Kiri no me hiciera caso, cansado de correr cada día, cansado de vivir así…

Tres segundos

* * *

Yo también,

yo también te quiero mucho,

muchísimo,

supermuchísimo.

El amor

Y de pronto ella entró en mi mente.

Y al mirar de frente no vi un tren, vi a Luna viniendo hacia mí con los brazos abiertos, como lo hacía cada día cuando volvía a casa.

La vi de pequeña, en su cuna, durmiendo, cuando mis padres me decían: «Ahora tú tienes que ayudarnos a cuidarla»; la vi también cuando me daba la mano para que la ayudase a caminar, vi mi miedo cada vez que se caía y mi alegría al ver que se levantaba de nuevo con una sonrisa; la vi de mi mano cada vez que íbamos a cruzar una calle, cada vez que subíamos o bajábamos por una escalera…

La vi también en su pequeña bicicleta, intentando mantener el equilibrio sin los ruedines, pedaleando mientras mi padre la ayudaba a no caer y yo la animaba a levantarse.

Vi su sonrisa cuando me preguntaba si podía dormir conmigo y le decía que sí, cuando le daba galletas a escondidas; cuando, en cualquier cumpleaños, al llegar a casa, le daba algún caramelo que me había guardado en el bolsillo; la vi poniéndome el termómetro de mentira, dándome sus medicinas de mentira y pegándome en el cuerpo sus tiritas de verdad.

Vi que esa mancha que iba a tragarme crecía al mismo ritmo que lo hacía Luna.

Ya estaba allí, frente a mí, diciéndome que me quería mucho, muchísimo, supermuchísimo; diciéndome que no me fuera.

En ese momento vi cómo alargaba su mano para que se la diera, cómo me pedía que la acompañara, cómo me decía que tenía miedo, que no quería estar allí, que quería volver a casa, a nuestra habitación, a nuestra cama… para que le contase un cuento, pero no el del niño al que nadie quería, no, ese no, otro, otro… «invéntate otro, otro bonito, otro que tenga un final feliz…».

Alargué también mi mano y se la di.

* * *

Y un dragón que ya está a punto de llegar acaba de quedarse mudo al ver que el chico ha alargado un brazo —como si le estuviera dando la mano a alguien—, se ha movido lentamente y justo en el momento en el que estaba bajando de las vías el tren se lo ha llevado.

* * *

No ha llegado a impactarle directamente, ha sido la velocidad de la muerte lo que le ha hecho volar, lo ha desplazado tan lejos que ahora mismo el dragón no sabe dónde ha caído. Un dragón que coge impulso violentamente hacia arriba para intentar localizarlo.

Y lo ve, a varios metros de distancia, tumbado sobre un enorme charco, inmóvil.

Baja con todas sus fuerzas desde el cielo, atravesando la lluvia, el miedo y los remordimientos. Lo coge con cuidado entre sus garras y vuelve a volar para llevárselo al interior del túnel.

Aterriza y lo deja suavemente sobre el suelo. Lo abraza con sus grandes alas para intentar devolverle todo el calor que ha perdido. Es ahí cuando se da cuenta de que al chico le sale un hilo de sangre de la cabeza, es ahí también cuando al moverlo se da cuenta de que no respira.

Y los labios de un dragón se juntan con los del chico para intentar darle todo el fuego que lleva dentro.

Y sopla, y sopla, y sopla… intentando recuperar el aliento de quien casi se ha ido.

Y sopla, y sopla, y sopla… aire, fuego y, sobre todo, esperanzas.

Y sopla…

Y por fin, el chico nota el fuego del dragón y respira.

Y tose.

Y se mueve.

Y se abraza instintivamente al dragón como un náufrago a un salvavidas.

Y el dragón llora.

* * *

Y mientras espera —con el chico en su regazo— a que llegue la ambulancia que ella misma ha llamado, la profesora se pone a observar todo su alrededor. Es cuando se da cuenta de que aquel lugar es una especie de refugio donde el chico intentaba compensar con recuerdos la maldad del mundo.

Observa varios dibujos pegados en la pared, dibujos hechos por una niña pequeña —su hermana, supone— en los que siempre aparecen dos personas: una niña con un vestido y un chico un poco más alto con pantalones largos y camiseta. Los dos en los columpios, los dos jugando en una especie de parque, los dos en lo que parece una playa, los dos cogidos de la mano...

Descubre también otros dibujos, hechos por alguien más mayor, quizá de la misma edad del chico: uno en el que se ve a un guerrero luchando contra lo que parece ser una ardilla gigante; otro en el que hay una pistola que apunta a dos iniciales MM; otro en el que un chico está lanzando una flecha con forma de boli hacia una especie de monstruo; otro en el que una avispa con ropa de guerra ocupa todo el folio... unos dibujos que ahora mismo la profesora ignora quién los ha hecho.

Descubre también varios objetos en una repisa que hay en el muro: un montón de cómics, una máscara de Batman, varios muñecos de esos de superhéroes, algún juguete infantil, un marco con la foto de una chica a la que la profesora también conoce, una pequeña pelota, una oveja de peluche…

Suspira incapaz de aguantar las lágrimas.

Mira ahora hacia el otro lado, hacia el muro de enfrente y es ahí cuando se encuentra una sorpresa.

* * *

Ve lo que parece una lista escrita en tiza en la pared, una lista inmensa, con muchos nombres. Comienza a leer por arriba, a la izquierda:

La profesora de sociales que no me vio cuando me tiraron al suelo en el recreo.

La mujer del vestido rojo y el hombre con el maletín que estaban en el parque cuando me vaciaron la cartera.

David y Liliana.

La mujer mayor que llevaba un carro de la compra cuando salí corriendo del descampado.

El portero del colegio cada vez que salgo o entro corriendo.

El profesor de historia.

Mis compañeros Nico, Sara, Cloe y Carlos.

El policía que hay en la puerta cuando entramos.

El policía que hay en la puerta cuando salimos.

El profesor de matemáticas.

Mis compañeros Javi, Iker, Juanjo y Vero.

Papá.

Dos alumnos de tercero que no me vieron salir del baño.

Zaro.

La directora.

Las madres y padres que se quedan dentro de los coches a la salida del instituto.

Mamá.

Mis compañeros Esther, Pedro y María.

El padre de Esther.

La madre de Marina y Marina.

Las mujeres que se quedan tomando algo en la terraza de la cafetería a la salida del instituto.

Kiri.

La madre de Kiri.

La mujer que pasó delante de mí cuando volvía a casa con el pantalón manchado.

Mis compañeros Sandra, Patricia, Silvia, Ana, Héctor...

La profesora acaba de entender el significado de esa lista. Es la lista de la vergüenza, la lista de todos los que han conseguido que ese chico que ahora tiene entre sus brazos sea invisible. Acaricia su cara y lo aprieta con todas sus fuerzas.

Es ahí, observando esa lista, cuando se pregunta ¿qué clase de sociedad hemos construido? ¿Cuándo nos volvimos monstruos?

* * *

VISIBLE

A los pocos minutos, cuando el alrededor se llena con el sonido de una ambulancia, el chico abre ligeramente los ojos y, con una pequeña sonrisa, dice una sola palabra: «Luna...».

Será a partir de ese momento cuando volverá a ser visible para todos. Será visible para todas las personas que se acercarán a ver —y grabar con sus móviles— lo que ha ocurrido en las vías del tren tras escuchar la bocina, el frenazo y las sirenas.

Será visible para los médicos que lo atenderán nada más entrar en el hospital, por la puerta de urgencias.

Será visible de nuevo para sus padres, que saldrán de sus trabajos más asustados de lo que nunca lo han estado, porque no hay peor miedo que la incertidumbre de no saber lo que le ha pasado a un hijo.

Será visible también para todos los profesores del instituto, unos profesores que, con cara de preocupación simularán que no saben cómo ha podido ocurrir algo así. Será, por fin, visible para la directora del centro. Una directora que estará preocupada por la salud del chico y, por supuesto, por cómo va a afectar eso a la reputación y a los ingresos del instituto.

Será visible para todos sus compañeros. Para los que ni siquiera lo conocían y para los que sabiendo lo que estaba ocurriendo nunca dieron un paso para impedirlo. Para todos esos compañeros que hacen trabajos, proyectos, murales... sobre «la paz mundial», «la ayuda a los débiles», «la concordia de las civilizaciones...», pero que no han sabido cómo ayudar a quien tienen al lado.

Y será visible también para los padres de esos compañeros que, al escuchar las noticias, se lamentarán de lo ocurrido: «Pobre chico, espero que esté bien, ¿cómo habrá ocurrido algo así?...», unos padres que nunca relacionarán a ese chico con el que aparecía en aquel vídeo de las avispas que les hizo tanta gracia.

Será visible, por supuesto, a partir de ahora para todos los periodistas que, tras conocer la noticia, ya tendrán algo con lo que llenar los titulares, aunque solo sea por unos días.

Será visible de nuevo para Zaro, su mejor amigo, un Zaro que, a partir de ese momento, llevará su propio castigo por dentro. Que pasará los días pensando en qué pudo haber hecho, cuándo pudo haber actuado, en cómo arreglar el pasado...

Y claro, será visible también para ella, para una chica que, a pesar de haber intentado ayudarle a través de los dibujos sabe que no ha sido suficiente. Una chica que lleva días llorando en su habitación, de rabia, de impotencia, de amor... Una chica que continúa escribiendo una carta que, quizá, algún día se atreverá a entregar.

Y quizá, aunque eso nunca lo sabremos, vuelva a ser visible para todos nosotros, para todos los que alguna vez hemos mirado pero no hemos querido ver, para los que hemos preferido girar la cabeza hacia otro lado, para los que hemos hecho del MIENTRAS NO ME TOQUE A MÍ, ESO NO ES PROBLEMA MÍO nuestra filosofía de vida.

* * *

Esta novela va dedicada a todas esas personas que,
independientemente de su edad,
se han sentido alguna vez invisibles.

Para vosotros, para nosotros.

Para que nunca nunca nunca
dejéis de buscar vuestra Luna.
Ni vuestro dragón.

Gracias.